DOKTOR
STRANGELOVE

DOKTOR STRANGELOVE

albo jak nauczyłem się nie bać i pokochałem bombę

Peter George

przełożył
Andrzej
Grabowski

Wydawnictwa ALFA
Warszawa 1992

Tytuł oryginału
DR STRANGELOVE; OR: HOW I LEARNED
TO STOP WORRYING AND LOVED THE BOMB

Pierwsze wydanie
Corgi Books, London 1963

Projekt typograficzny serii
Janusz Obłucki
Projekt znaku graficznego serii
Mirosław Tokarczyk
Ilustracja na obwolucie
Mirosław Golędzinowski

Redaktor serii
Marek S. Nowowiejski
Redaktor
Elżbieta Lubańska
Redaktor techniczny
Monika Ukleja

ISBN 83-7001-454-2

Od tłumacza

W trakcie lektury tej czarnej groteski Czytelnik z pewnością spostrzeże, że jej bohaterowie noszą takie nazwiska bądź przezwiska jak: Guano, De Sadeski czy King Kong, których aluzyjność ma zasięg, rzec można, międzynarodowy. W powieści tej występują wszakże postaci, których imiona i nazwiska wymagają osobnego komentarza, jako że ich spolszczenie odbierałoby im wieloznaczność. Oto garść z nich.

A więc nazwisko tytułowego bohatera „Strangelove" znaczy tyle co „dziwne upodobanie", „osobliwe zamiłowanie", a prościej „zboczenie". Opętany żądzą niszczenia, schizofreniczny dowódca Ripper kojarzy się natychmiast z Kubą Rozpruwaczem (Jack the Ripper). Jurny generał Turgidson („turgid" to „napuszony", „bombastyczny") nosi przydomek „Buck", co znaczy m.in. „cap" i „buńczuczny". Radziecki premier Kissoff kojarzy się nie tylko z całusami, ale i wyrażeniami „piss off" („odwal się", „odpieprz", „spadaj") oraz „pissed off" („wkurzony", „oburzony"). Wreszcie łysy prezydent Stanów Zjednoczonych nie dość, że ma na imię Merkin, co oznacza intymną peruczkę z włosów łonowych używaną dawniej przez leczących się weneryków, to nosi nazwisko Muffley, zawierające w sobie słowa, jak „muffle" — „knebel", „tłumik" i „muff" — „mufka", a w drugim znaczeniu „cipka", „kotek", kuciapka".

NOTA WYDAWCY

*Rękopis tej dziwacznej,
starożytnej komedii znaleziono
na dnie głębokiej rozpadliny
na Wielkiej Północnej
Pustyni planety Ziemia.
Czytelnik znajdzie tu krótki
wstęp napisany przez
odkrywców rękopisu.
Z wyjątkiem wstępu
stronice te opublikowane są
dokładnie w takim kształcie,
w jakim je znaleziono.
Na końcu opowieści
jest również krótki epilog
wyjaśniający, dlaczego wydaliśmy
tę książkę.*

WSTĘP

Opowieść zaczyna się w drugiej połowie ziemskiego wieku dwudziestego. Nie wiemy dokładnie, dlaczego używano tego systemu datowania, dysponujemy bowiem dowodami istnienia życia na Ziemi na długo przedtem. Sądzimy jednak, że po jakiejś bezprzykładnej katastrofie ocaleni postanowili liczyć czas od nowa. A przynajmniej takie na ogół doświadczenia mamy z innych światów.

W tym stadium rozwoju ziemska technika, choć jak na nasze kryteria nadal prymitywna, rozwinęła się na tyle, że ludzie mogli wyprodukować broń termojądrową o sile dochodzącej w najlepszym razie zaledwie do stu megaton. Jednak, żeby sobie to zrekompensować, wyprodukowali owej broni bardzo dużo, wystarczająco dużo, aby — jak oceniamy — zniszczyć swój świat trzyipółkrotnie. Dlaczego pragnęli dokonać tego więcej niż raz, pozostaje dla nas zagadką.

Ta prosta broń nuklearna została użyta dwa razy pod koniec wydarzeń, które ludzie nazwali niewytłumaczalnie drugą wojną światową. Od tamtego czasu jej ilość i moc rażenia wielokrotnie wzrosły. Dziewięćdziesiąt pięć procent tego potencjału nuklearnego, zarówno pod względem ilości, jak i środków przenoszenia, podzieliły między siebie dwa wielkie mocarstwa. Nie żyły ze sobą w przyjaźni, co trudno nam pojąć, jako że w obu panowały systemy władzy, które wydają się z gruntu podobne. Oba te wielkie kraje wydawały ogromne sumy, współzawodnicząc ze sobą w wytwarzaniu owych zabawek, a jeszcze większe, żeby ukryć jeden przed drugim swoje postępy. Jedno z takich przedsięwzięć podjęto mniej więcej na trzynaście miesięcy przed początkiem naszej historii. Radzieccy naukowcy i inżynierowie, mając do pomocy wielką masę ochotników, rozpoczęli roboty u podnóża wiecznie zamglonej góry na arktycznym pustkowiu północnej Syberii.

Pomimo zastosowania najsurowszych środków bezpieczeństwa pogłoski o tej budowie przeniknęły na zewnątrz i rozeszły się po świecie. Ale były one tak przerażające i mówiły o rzeczach tak niewyobrażalnych, że ludzie nie brali, nie mogli brać ich na serio. W obawie przed dalszym rozpowszechnianiem się pogłosek, chcąc zachować to przedsięwzięcie w najściślejszej tajemnicy, po jego ukończeniu wszystkich, którzy mieli z nim coś wspólnego — żeby użyć własnego dziwnego wyrażenia Ziemian — zlikwidowano.

W czasie przedstawionych tu wydarzeń nie tylko dwa mocarstwa, ale wszystkie narody obawiały się niespodziewanej napaści i przedsięwzięły odpowiednie środki ostrożności. Nie mamy jednak żadnych niezbitych dowodów na to, że rządy i ludność tych państw zdawały sobie w pełni sprawę z bezmiaru skutków ataku atomowego.

W opisywanej przez nas epoce jednym ze środków zaradczych, podjętych przez Stany Zjednoczone Ameryki w celu ustrzeżenia się przed niespodziewaną napaścią, było powietrzne pogotowie bojowe. (Odtwarzamy tu zwroty używane powszechnie w owym czasie.) Oznacza to, że utrzymywano bez przerwy w locie siedemdziesiąt bombowców odrzutowych.

Zmęczone załogi zastępowano załogami innych bombowców, lecz w powietrzu przebywało zawsze nie mniej niż siedemdziesiąt samolotów gotowych do akcji. Były uzbrojone w pełen ładunek broni termonuklearnej.

Połowa utrzymywanych stale w stanie gotowości bojowej sił lotniczych wyleciała tego dnia na wiele godzin przed opisywanymi tu wydarzeniami z Bazy Lotniczej w Burpelson. Byli to lotnicy jednego ze skrzydeł bombowych lotnictwa strategicznego. Samoloty tego skrzydła odbywały w tamtej chwili loty rozproszone na obszarze od Zatoki Perskiej do Morza Północnego. Łączył je tylko jeden geograficzny parametr — wszystkie znajdowały się w przybliżeniu tysiąc trzysta mil od wyznaczonych im celów na terytorium nieprzyjaciela. Drugą cechą wspólną był ładunek bomb, jaki wiozły. Wszystkie wiozły po dwie bomby wraz z dodatkowym wyposażeniem, które w sumie dawało im moc czterdziestu megaton. Każdy bombowiec wiózł zatem ładunek odpowiadający czterdziestu milionom ton trotylu. Można wspomnieć, że było to niemal piętnaście razy więcej niż ilość materiałów wybuchowych zrzuconych w czasie drugiej wojny światowej oraz dwa i pół tysiąca razy więcej niż siła bomby zrzuconej na Hiroszimę.

Jeden z bombowców, nazwany przez załogę *Kolonią Trędowatych*, zbliżał się właśnie do punktu Bezpieczeństwa Atomowego. Każdy bombowiec, osiągnąwszy ów punkt, automatycznie zawracał i kierował się w stronę ojczyzny. Był to oczywiście środek ostrożności, jeden z wielu wymyślonych przez ostrożnych, lecz stanowczych ludzi w celu zapobieżenia nawet najdrobniejszym niepokojącym wypadkom.

Załoga *Kolonii Trędowatych* składała się ze świetnie wyszkolonych i bardzo sprawnych żołnierzy. Starannie ich dobrano. Byli to dumni ludzie, czujni, pewni własnych sił, a jednak w każdym z nich wzrastało powoli napięcie i nerwowość.

Żołnierzom tym nie wolno było się odprężyć, gdyż mogłoby to zagrozić utrzymaniu pokoju na świecie.

Opowieść nasza zaczyna się w chwili, kiedy *Kolonia Trędowatych* zbliża się do punktu Bezpieczeństwa Atomowego.

*** Kolonia Trędowatych

Samolot prezentował się przyjemnie dla oka, był wręcz nad wyraz estetyczny. Jego rozłożyste skrzydła kojarzyły się z prędkością strzały, lśniący kadłub z blaskiem i czystością, a osiem wielkich silników z siłą oraz najwyższą wydajnością i sprawnością. Bez najmniejszego wysiłku i niewzruszenie bombowiec *Kolonia Trędowatych* pozostawiał za sobą co godzina prawie siedemset powietrznych mil, za nic mając przestrzeń i sprowadzając ziemski glob do wymiarów kilkugodzinnego lotu.

Wewnątrz samolotu sześcioosobowa załoga szykowała się właśnie do obrania kursu powrotnego, ponieważ zbliżali się do punktu Bezpieczeństwa Atomowego. Co prawda, w strefie tej mogli przebywać nieco dłużej, ale po nawrocie najgorsze mieli już przynajmniej za sobą. Byli ludźmi, którzy płacą określoną cenę za czuwanie. Ludźmi oddanymi sprawie, których hasłem było: „*Nasz zawód to pokój*".

Wnętrze bombowca rozplanowano, jak na tak skomplikowany samolot, z prostotą. Z przodu siedzieli pilot i drugi pilot. Za nimi, zwróceni twarzami do ogona, zajmowali miejsca operator systemów obronnych i radiooperator-radarowiec wraz z całą skomplikowaną i pomysłową aparaturą. Na dolnym pokładzie mieli stanowiska bombardier i nawigator, obaj przed znajdującymi się w zasięgu ręki skomplikowanymi przyrządami. A jeszcze niżej i nieco bliżej rufy mieściła się komora bombowa. Spoczywały w niej dwie bomby atomowe, każda o sile dwudziestu megaton. Większość załóg bombowców Amerykańskiego Lotnictwa Strategicznego nadawała wiezionym przez siebie bombom pieszczotliwe imiona, które zazwyczaj wypisywano na nich kredą.

Bombom *Kolonii Trędowatych* nadano, można rzec, znamiona żeńskości. Nazywały się bowiem *Buźka* i *Lolita*.

W kabinie pilotów dowódca samolotu, major Kong, znany pozostałym członkom załogi jako King, jadł kanapkę i od niechcenia przerzucał strony najnowszego numeru *Playboya*. Na lewo od zwartych szeregów instrumentów pokładowych wisiał portretowy tryptyk jego przodków, w kolejności od prawej do lewej: ojca, dziadka i pradziadka, rzucających odpowiednio wystudiowane marsowe spojrzenia i wystrojonych w wojskowe insygnia z przeszłości. King ziewnął i przewrócił stronę *Playboya*. Sterowany przez autopilota samolot w równym tempie przemierzał mezosferę.

Siedzący na prawo od Kinga kapitan G.A. Owens, znany jako „As", nie odrywał oczu od arktycznego nieba, mimo że nie było tam dla niego nic interesującego. Tym bardziej nic interesującego nie było w środku samolotu. Mając zatem do wyboru rodzaj nudy, wybrał niebo. Raz na jakiś czas odgryzał kawałek dużego jabłka.

Porucznik H.R. Dietrich, operator systemów obronnych, bawił się talią kart. Rozciągnął ją w długą harmonię, niezadowolony z rezultatu ponowił próbę, a potem wyciągnął karty w stronę obsługującego radio i radar porucznika Goldberga.

Goldberg wolno uniósł brwi. Minę tę ćwiczył od sześciu miesięcy jako odpowiedź na karciane sztuczki Dietricha, który, co musiał mu przyznać, wykonywał je niezwykle zręcznie. Od niechcenia wziął od niego kartę, jasno dając przy tym do zrozumienia, że żadne, choćby i najzręczniejsze manipulacje kartami nie obchodzą go ani trochę. Z miną równie kamienną jak mina Dietricha niedbale odłożył kartę grzbietem do góry na pulpit, a potem sięgnął po kawę i lekturę. W *Reader's Digest* był artykuł ważniejszy od Dietricha i jego głupich sztuczek. Nie zważając na rosnącą irytację kolegi, z rozkoszą pociągnął z filiżanki łyk kawy.

Na dolnym pokładzie, gdzie mieściły się stanowiska nawigatora i bombardiera, oficer nawigacyjny bez pośpiechu rozpakował baton czekoladowy. Porucznik Sweets Kivel miał zamiar nabyć sklep ze słodyczami. Na razie musiał służyć w lotnictwie, ponieważ chcąc kupić ów sklep, potrzebował pieniędzy, służąc zaś w wojsku, mógł je zdobyć. Ale służyć nie miał zamiaru do końca życia. O nie, wykluczone! Odpowiednia gotówka — obliczał, że zajmie mu to jeszcze około roku — i szlus, miał już upatrzony odpowiedni sklep. Wczytując się z uwagą w *Gazetę Cukiernika*, jadł wolno baton czekoladowy.

Kiedy tak czytał, siedzący obok niego bombardier, porucznik Lothar Zogg, inteligentny, ale trochę zbyt zadufany w sobie młody Murzyn z Nowego Jorku, uporczywie wpatrywał się w leżące na stole nawigacyjnym mapy. Zogg trącił Sweetsa nogą i spytał:

— I co z tym punktem zwrotnym?

Porucznik Kivel odłożył pismo.

— A, owszem, Lothar, racja, jedną chwilę — odrzekł i włączył telefon pokładowy. — Hej, King, za trzy minuty punkt zwrotny. Nowy kurs będzie trzy-pięć-trzy.

Zaczekał, aż King potwierdzi, że zrozumiał, po czym uznawszy, iż dobrze wypełnił swoje powinności, z powrotem zagłębił się w fotelu. Wziął *Gazetę Cukiernika*, którą na czas rozmowy z Kingiem odłożył na stół nawigacyjny, i z nowym zainteresowaniem oddał się lekturze.

Major King Kong śledził na swoim zegarku upływające trzy minuty. Na piętnaście sekund przed ich upływem pochylił się do przodu, a potem swobodnie, z wyćwiczoną gracją doświadczonego lotnika przestawił automatycznego żyroskopowego pilota na kurs trzy-pięć-trzy. Śledził zwrot samolotu tak pilnie, że nie zapobiegł zsunięciu się numeru *Playboya* pomiędzy fotele, jego i drugiego pilota, Asa Owensa. As chwycił tygodnik z podłogi i zaczął go kartkować.

— W porządku — oznajmił King. Nawet w tym jednym słowie zaznaczył się jego charakterystyczny teksaski akcent. — Kurs trzy-pięć-trzy.

As Owens z uwagą przyjrzał się dużej rozkładanej fotografii Dziewczyny Miesiąca. Obejrzawszy jej zdjęcie, z podziwem graniczącym z czcią rzekł:

— Miss Spraw Zewnętrznych... dziewięćdziesiąt sześć... na sześćdziesiąt... na dziewięćdziesiąt jeden, a do tego sekretarka w Waszyngtonie. I co ty na to, King?

King zmarszczył czoło, upewnił się, że bombowiec wyszedł ze skrętu na prostą, zabezpieczył żyroskopy, a potem rezolutnie spytał:

— Na co, As? Ma wspaniałe dane. Jest wspaniałą sekretarką. Na pewno rekordzistką świata w stenografii na leżąco. Ale co poza tym?

As znowu spojrzał na zdjęcie.

— Wiesz, King, ona przypomina mi trochę tę czarnulkę, którą ja, to znaczy ty, znaczy my mieliśmy w Houston, pamiętasz? — spytał. — Kurczę, jak jej było na imię?

— Potrzymaj mi to zdjęcie, As. Niech stary King dobrze jej się przyjrzy. Tak, masz rację, synu. Masz rację. Nazywała się Mary Ellen. — King zamilkł na chwilę, przyglądając się bacznie zdjęciu na rozkładówce. — Owszem, trochę podobieństwa chyba jest.

— Była jak malowanie. Naprawdę jak malowanie.

— Figura pierwsza klasa, na pięć z plusem i cenzusem — przyznał King. — Ja się zadaję wyłącznie z takimi, no nie, chłopie?

— Tak jest, muszę ci to przyznać — odparł Owens. — Kosz-

towałeś tego miodu tak długo, że na pewno już ci się przejadł.
— Nie opowiadaj — zaprotestował King. — Przejadł się, mnie? Co ty gadasz! Kurczę, powiem ci, że ja i mój stary Dziadzio Mamut wydajemy na ten miód wszystko, co wypływa nam z naszego szybu naftowego w San Antonio.
— To znaczy, że Dziadzio Mamut ciągle może?
— O rany, jeszcze jak — odparł King ze skrywaną dumą. — I zdaje mi się, że ma chęć jeszcze przez jakiś czas pozostać pierwszym kogutem w naszym stadzie.
— Ależ on na pewno dobija już siedemdziesiątki piątki!
King starannie przypalił cygaro, upewnił się, że ma dobry luft, zaciągnął się z rozkoszą, a potem rzekł:
— Jakiej siedemdziesiątki piątki! Ten stary jurny cap w przyszłym miesiącu kończy siedemdziesiąt osiem. Musisz wiedzieć, As, że stary Dziadzio Mamut napisał mi właśnie w liście o jednej małej dziewuszce, którą sprowadził sobie z Pecos. Zdaje się, że zwyobracał ją jak karuzela.

King umościł się wygodnie w fotelu, nogi w butach z krótką cholewką położył na tablicy przyrządów przed sobą i dał upust swojej junakierii okrzykiem „Ju-huuu!", który rozszedł się echem po całym bombowcu. Załoga nie zareagowała na to. Przywykli do Kinga. A poza tym, naturalnie, zajęci byli własnymi sprawami: kartami, ilustrowanymi magazynami, gazetami i książkami.

— Ale stary Dziadzio Mamut zachowuje się pod pewnymi względami jak skończony dureń. Nie mówię, że z miejsca bym mu to wygarnął, kapujesz, ale fakt faktem, że jeśli chodzi o figle z kobietami, to po pierwsze, jest romantycznym durniem, a po drugie, w ogóle nie ma gustu. Powtarza tylko: „Co tam, chłopcze, jak zarzucisz jednej z drugą na głowę jutowy worek, to ich od siebie nie odróżnisz".

Jeszcze raz w samolocie rozległ się junacki wrzask Kinga, a ten ostatni po chwili zaczął mówić dalej.

— A poza tym, trzeba ci wiedzieć, że on się zadaje z prawdziwymi szpetotami. Ale nie ja, koleżko! Ja muszę mieć wszystko pierwsza klasa, na pięć z plusem i cenzusem.

As Owens pokręcił z podziwem głową.

— Tak jest, ty to masz szczęście, King — powiedział. — Ty to masz gust!

— A owszem, pewnie, że mam, pewnie, że mam szczęście w wielu sprawach. Mam fart do wszystkiego, co tylko chcesz. W pierwszym gatunku, sama szynka. Ale żarty na bok, As, jest na tym Bożym świecie coś, co nie ma ceny. Coś, czego nie da się załatwić za pieniądze. Jest to coś, bez czego mężczyzna czuje się niepełnowartościowy.

As Owens spojrzał na Kinga z zaciekawieniem. Zupełnie nie mógł sobie wyobrazić, czego Kingowi może brakować w życiu.

— A co to jest? — spytał.

— Coś, czego nie znam i wątpię, czy kiedykolwiek poznam. Walka!!!

Porucznik Dietrich, operator systemów obronnych, niechętnie odłożył talię kart, którymi manipulował, ponieważ elektroniczny sygnał alarmowy skierował jego uwagę na jedną z lamp radaroskopowych. Kilka takich lamp miał uszeregowanych przed sobą, ale usłyszany przez niego sygnał pochodził z radiolokatora dalekiego zasięgu. Nieznacznie dostroiwszy przyrząd, Dietrich przystawił znacznik bramkujący do świetlnego punkcika, który pojawił się na obrzeżu ekranu. Odczytał, w jakiej odległości od nich znajduje się ów obiekt, a potem ze spokojem, przepisowo o jego pojawieniu się zameldował przez telefon pokładowy.

— Nie rozpoznany samolot w kierunku jeden-cztery-pięć, odległość około stu trzydziestu pięciu mil.

Nawigator Sweets Kivel starannie odłożył *Gazetę Cukiernika* grzbietem do góry, tak żeby nie zgubić strony, i prędko naniósł na mapę pozycję nie zidentyfikowanego samolotu.

Kingowi, który ze smutkiem dumał nad tą jedną rzeczą, bez której mężczyzna czuje się niepełnowartościowy, oznajmił najzwyklejszym tonem:

— Pewnie przeprowadzają radarową kontrolę obszaru.

Sygnał na radarze Dietricha nagle zniknął, bo ćwiartki wskaźnika radarowego utonęły w jaskrawym świetle.

— Oślepił nas. Popisuje się swoimi środkami zakłócania. Co za kretyn!

— Ciekawe tylko, po co to robi? — odezwał się z roztargnieniem As Owens, który ponownie wziął do ręki *Playboya*.

— Mam go poczęstować naszymi, King? — spytał prędko Dietrich.

Major Kong z namysłem zmarszczył brwi.

— Nie jesteśmy tu dla zabawy, Dietrich — odparł. — Pilnuj tego, co do ciebie należy.

Dietrich wymownie wzruszył ramionami, przestał bacznie wpatrywać się w radar i znowu wziął do ręki karty.

Siedzący obok niego Goldberg, który drzemał nad magazynem ilustrowanym, nagle ocknął się ze wzdrygnięciem na dźwięk alarmu bojowego i eliminatora zakłóceń. Spośród wszystkich ściśle tajnych urządzeń na pokładzie bombowca nie bez racji właśnie to otaczała największa tajemnica. Przyjmowało ono nie tylko zaszyfrowane rozkazy z Burpelson, ale w razie konieczności chroniło też przed wprowadzeniem przez wroga do transmisji fałszywych rozkazów, kierujących bombowiec w inną stronę.

Goldberg pośpiesznie sięgnął po książkę szyfrów i zaczął ją kartkować, aż wreszcie znalazł odpowiedni ustęp.

— To wiadomość z bazy — oznajmił.

King z roztargnieniem przyglądał się swoim paznokciom, wciąż pochłonięty myślami o walce, nad której brakiem tak bardzo ubolewał.

— A czego oni od nas chcą, do diabła? — spytał.

Goldberg zdążył już odszyfrować rozkaz.

— Już go mam, King — oznajmił. — *Skrzydło, pozostać na pozycjach w strefie Bezpieczeństwa Atomowego.*

Cała załoga natychmiast dała upust swojemu niezadowoleniu. Lothar Zogg wystąpił z opinią, że są to pewnie jakieś ćwiczenia. Sweets Kivel rzucił na pulpit *Gazetę Cukiernika* i głośno poskarżył się, że po czternastu godzinach lotu jest już cokolwiek zmęczony. Inni przyznali, że też są zmęczeni.

King był niezadowolony nie na żarty. Tak jak większość lotników bynajmniej nie darzył sympatią oficerów sztabowych z bazy.

— To podobne do tych kanapowych komandosów, żeby przetrzymywać nas tu w powietrzu bez żadnej przyczyny! — sarknął.

Cała załoga podzieliła jego zdanie. A potem Kingowi przyszedł na myśl jeszcze bardziej irytujący powód do niezadowolenia. Obrócił się w stronę Asa Owensa.

— Cholera — powiedział — za długo latamy tu jak głupi, nie zdążymy na randkę. Wiesz o tym?

Zachmurzony As Owens skinął głową, a King gniewnie sięgnął ręką do autopilota i nastawił go tak, żeby *Kolonia Trędowatych* lekko przechylona skręciła w lewo, lecąc na wysokości dziesięciu mil nad lodowatym Morzem Barentsa.

*** *Baza Lotnicza w Burpelson*

Bazy lotnicze z samej ich natury rzadko kiedy można nazwać pięknymi. A jednak ta w Burpelson, z dziwacznymi karykaturalnymi cieniami hangarów w bladym świetle księżyca i z samolotami stojącymi na wybetonowanych miejscach postojowych, pociągała swoim niesamowitym, widmowym wyglądem.

Ogromne pasy startowe były puste i nie rozlegał się wibrujący ryk silników odrzutowych, towarzyszący zajęciom powszedniego dnia. Ciszę pustyni zakłócały jedynie olbrzymie cykady, a niekiedy ostry wizg elektrycznego narzędzia. Jasne gwiazdy na bezchmurnym niebie w czystym pustynnym powietrzu oślepiały swoim blaskiem. Noc była spokojna.

Dwadzieścia jardów pod głównym budynkiem sztabowym na Stanowisku Dowodzenia Ośrodka Operacji Bojowych Bazy Lotniczej pełniło służbę sześciu oficerów. Pięciu było oficerami amerykańskich sił powietrznych, szósty, najwyższy stopniem wśród obecnych, oficerem brytyjskich Królewskich Sił Powietrznych. Nazywał się Mandrake, Lionel Mandrake i był pułkownikiem RAF-u, odznaczonym medalem za zasługi bojowe oraz krzyżem lotniczym.

Powodem jego obecności w ośrodku była od dawna realizowana umowa o wymianie oficerów lotnictwa USA i RAF-u. Cieszyła się ona wielkim poparciem ze strony władz, a jeszcze większym nawet jej bezpośrednich uczestników. Gospodarze traktowali ich bowiem jak gości honorowych. Byli zapraszani na wszystkie przyjęcia w Bazie Lotniczej, a ponieważ porzekadło o „le goût d'etranger" nie jest całkiem pozbawione podstaw, nie brakło również innych zaproszeń.

Mandrake służył w Burpelson drugi rok. Bardzo to sobie chwalił, choć czasem trudno mu było zrozumieć osobliwe, oparte na grach słownych poczucie humoru, jakie wykazywał jego dowódca. Mandrake był średniego wzrostu i budowy ciała. Mundur miał nieskazitelnie schludny, z czterema grubymi naszywkami opasującymi rękawy i potężną baterią baretek i odznaczeń bojowych pod skrzydlatą odznaką pilota. Jak na normy obowiązujące w lotnictwie amerykańskim, włosy nosił za długie, co kładziono na karb ekscentryczności, do której skłonność wykazywali wszyscy angielscy oficerowie. Jego górna warga pyszniła się gęstym, bujnym wąsem. W roztargnieniu gryzł koniec ołówka i wpatrywał się we wskazówki wielkiego ściennego zegara, pod sam koniec jego dyżuru, nieznośnie wolno wlokące się po tarczy, gdy wtem przy jego prawej ręce zaterkotał telefon.

Był on połączony bezpośrednio z generałem Ripperem. Mandrake pośpiesznie wyjął z ust koniuszek ołówka i podniósł słuchawkę.

— Ośrodek Operacji Bojowych, pułkownik Mandrake — odezwał się.

— Mówi generał Ripper — zabrzmiał w słuchawce burkliwy, charakterystyczny głos generała Rippera.

— Słucham, panie generale.

— Jest pan pewien, że dzwoni generał Ripper, pułkowniku?

— Ależ oczywiście, panie generale — odparł Mandrake. — A dlaczego pan pyta, panie generale?

— A jak pan myśli, pułkowniku, dlaczego?

Mandrake zaśmiał się nerwowo.

— Doprawdy nie wiem, panie generale. Przecież rozmawialiśmy zaledwie kilka minut temu.

W głosie Rippera pojawiła się nuta rozdrażnienia.

— Chyba nie myśli pan, że pytałbym pana o to, gdyby to nie było ważne, co, pułkowniku?

— Nie, panie generale — odparł nerwowo Mandrake. — Na pewno nie.

— No, to bardzo dobrze, pułkowniku. Sprawdźmy zatem, czy trzymamy rękę na pulsie.

— Tak jest.

— Czy to skrzydło bombowców potwierdziło pozostanie w strefie Bezpieczeństwa Atomowego?

— Tak, panie generale, potwierdzenia nadeszły przed chwilą. Od wszystkich bombowców.

— Dobrze, pułkowniku. A teraz proszę posłuchać bardzo uważnie. Ogłaszam w bazie alarm!

Zaskoczony Mandrake wzdrygnął się. Odrobinę odsunął słuchawkę od ucha, odzyskał oddech i spytał:

— Alarm, panie generale?

Przez kilka sekund w słuchawce panowała cisza. Wydawała się Mandrake'owi niemalże wiecznością. Zastanawiał się, czy generałowi przypadkiem nie odcięto połączenia, ale Ripper znów przemówił.

— Wygląda na to, że wybuchła wojna światowa — powiedział wolno i takim tonem, jakby poważnie zastanawiał się nad tą sprawą.

— Wojna światowa, panie generale?

— Tak, pułkowniku. Niestety, wszystko na to wskazuje.

— Boże święty! — powiedział Mandrake. — Czy już coś zaatakowali?

— Powiedziano mi tylko tyle, pułkowniku. Dowiedziałem się o tym przed chwilą przez telefon alarmowy i otrzymałem rozkaz odizolowania naszej bazy od świata. Rozkaz ten mam zamiar wypełnić co do joty.

— Ale czy nie stracimy przez to, że tak powiem, kontaktu z rzeczywistością, panie generale?

— Pozwoli pan, że będzie to moje zmartwienie, pułkowniku — odparł ostro Ripper. — Ponieważ to ja tu dowodzę, ja również będę się tym martwił.

— Tak jest — powiedział Mandrake. Miał minę do głębi rozżalonego morsa. — Oczywiście, panie generale.

Po tonie jego głosu Ripper od razu poznał, że go uraził. Ponieważ był z gruntu dobroduszny, od razu pośpieszył z wyjaśnieniami.

— Pułkowniku — rzekł — przecież nie wolno nam wystawiać się na atak agentów komunistycznych, zgoda?

— Rozumiem, panie generale — odparł nieco podniesiony na duchu Mandrake.

— A więc w pełni pojmuje pan sytuację, tak? Zna pan plan?

— Plan, panie generale? — spytał z rezerwą Mandrake.

Ripper westchnął. Co prawda Mandrake nie był bystry, ale za to godzien zaufania i lojalny.

— Właśnie, pułkowniku — powiedział. — Operację Ostryga.

— Ach, ten! Znam, panie generale — odparł entuzjastycznie Mandrake. Szybko zajął się w myślach Operacją Ostryga, dokonując przeglądu jej głównych punktów.

— No więc, trzymamy rękę na pulsie? — spytał Ripper. Mandrake zaniósł się śmiechem. Śmiechem angielskim, soczystym.

— O tak, panie generale. Wie pan, zastanawiałem się akurat nad jednym z punktów porządkowych tej operacji. Właśnie coś mi przyszło na myśl. Skąd mam wiedzieć, że w tej chwili rozmawiam właśnie z panem?

— Pan sobie żartuje, Mandrake?

— Nie, panie generale, wcale nie — odparł prędko Mandrake.

— W takim razie — powiedział ze złowieszczą powolnością Ripper — myśli pan, że z kim pan, do diabła, rozmawia?

— Ma się rozumieć, że z panem, panie generale. Ale jeżeli spojrzy pan na całą rzecz z mojej strony, to właściwie, jak mogę być tego pewny?

Ripper milczał jakiś czas, zanim odpowiedział. Uznał, że tak będzie korzystniej dla amerykańsko-angielskich stosunków. Trzy razy głęboko odetchnął, czego, jako sposobu na ochłonięcie z gniewu, nauczyła go własna matka. A potem wolno i ostrożnie spytał:

— Pułkowniku, czy pan rozmyślnie uchyla się od wykonania moich rozkazów?

— Ależ skąd, panie generale — odparł Mandrake, w którego głosie brzmiała i uraza, i oburzenie.

— W porządku pułkowniku, trzymajmy więc rękę na pulsie.

— Tak jest.

— A więc dobrze — ciągnął z ożywieniem Ripper — ma pan w ręku ołówek?

— Wezmę, panie generale.

Mandrake poszukał na biurku ołówka, który wcześniej ogryzał, i chwycił go.

— Realizując Operację Ostryga niech pan prześle naszym chłopcom szyfrem rozkaz zaatakowania celów.

— Zaatakowania celów, panie generale? — spytał Mandrake.

— Tak, tak, tak. Zaatakowania celów, Najesz.

— Może mi pan potwierdzić ten rozkaz, panie generale? — zażądał stanowczo Mandrake.

— Tak jest, Najesz. To znaczy, przekazać im rozkaz do ataku, używając naszego pułkowego szyfru alarmowego.

— Tak jest. Przekazać im rozkaz do ataku, używając naszego pułkowego szyfru alarmowego. Musi mi pan podać szyfr wstępny, panie generale.

— Jak to, pułkowniku, więc pan nie zna? — spytał Ripper.

— Ależ skądże. O ile mi wiadomo, to w bazie zna go tylko pan.

Generał Ripper wziął do ręki papierową teczkę, która leżała przed nim na biurku.

— Ma pan całkowitą rację, pułkowniku — rzekł. — Szyfr indeksowy ataku brzmi Lis-Jerzy-Pies, Lis-Jerzy-Pies, proszę powtórzyć.

Mandrake powtórzył szyfr.

— Dobrze — powiedział Ripper — doskonale. Jak tylko pan to załatwi, niech pan wpadnie do mojej kancelarii.

— Jeżeli to zrobię, panie generale, to tu, w sali operacyjnej, nie będzie nikogo — odparł Mandrake.

— Pan kwestionuje moje rozkazy, pułkowniku?!!! — warknął groźnie Ripper.

Mandrake odruchowo zerwał się z krzesła i stanął na baczność, sztywno przyciskając do ucha słuchawkę, w którą Ripper miotał dalej najrozmaitsze niepochlebne epitety.

Kiedy w słuchawce zapanowała cisza, Mandrake powiedział szybko:

— Ja wcale nie kwestionuję pańskich rozkazów, panie generale, ja tylko zwracam panu uwagę na fakty.

Ripper zabębnił palcami w biurko. Trzy razy przepisowo odetchnął, a potem rzekł:

— Dobry z pana oficer, pułkowniku, i jak najbardziej wolno panu zwracać moją uwagę na fakty, ale to ja tutaj dowodzę i kiedy wydaję rozkazy, oczekuję, że zostaną wykonane. Być może wy, tam w RAF-ie, macie inne zwyczaje niż my.

Delikatnie mówiąc, pomyślał Mandrake. Ale ponieważ generał był jego przełożonym, więc odpowiedział mu służbiście:

— Tak jest, naturalnie, panie generale.

— A więc dobrze, jak tylko pan to załatwi, niech pan zbierze meldunki dotyczące bezpieczeństwa bazy. Trzeba wokół niej zorganizować obronę, a pół mili od niej ustawić blokady dróg. Ci komuniści są bardzo sprytni, a nie możemy przecież wykluczyć ataku dywersantów.

— Tak jest, rozkaz — wyrzucił z siebie Mandrake, który nadal stał wyprężony na baczność.

Usłyszawszy jego szybkie potwierdzenie, Ripper odłożył słuchawkę i usiadł wygodnie w fotelu. Pomyślał, że być może już niedługo będzie się mógł odprężyć, może nawet wychylić kieliszek żytniówki z czystą wodą. Ale to później. W dalszym ciągu było wiele spraw do załatwienia. Westchnął i sięgnął po słuchawkę drugiego ze swoich telefonów.

*** *Kolonia Trędowatych*

W bombowcu *Kolonia Trędowatych*, który krążył w tej chwili spokojnie w pobliżu wyznaczonego mu punktu Bezpieczeństwa Atomowego, członkowie załogi zajęci byli z grubsza tym samym, co w chwili otrzymania rozkazu pozostania w tej strefie.

Uwagę porucznika Goldberga nagle i niemile rozproszył

klekot EZFC. Z umiarkowanym zainteresowaniem wpatrywał się w wyskakujące z furkotem litery i cyfry, a potem sięgnął po książkę szyfrów i przystąpił do rozszyfrowania wiadomości. Kiedy skończył, zakłopotany zmarszczył czoło i żeby przyciągnąć uwagę operatora systemów obronnych, Dietricha, lekko klepnął go w ramię i pokazał mu notes z informacją.

— Jakiś szurnięty wesołek — skomentował ją krótko Dietrich i powrócił do nowej sztuczki karcianej, którą właśnie doskonalił.

Goldberg ponownie zmarszczył czoło i po chwili namysłu włączył telefon pokładowy.

— Ej, King — powiedział — posłuchaj tylko, co przekazał EZFC. Przed chwilą. Brzmi to „Atak Najesz".

King rozważył to, co usłyszał. W zamyśleniu powtórzył wiadomość.

— O czym oni mówią, do jasnej cholery? — spytał.

— O „Ataku Najesz" — powtórzył Goldberg. — Tak to dokładnie brzmi.

Kapitan As Owens opuścił na kolana magazyn ilustrowany i spojrzał na Kinga.

— Czy on sobie żartuje? — spytał.

— Wiesz co, sprawdź jeszcze raz szyfr, to przecież niemożliwe — polecił stanowczo King.

— Już sprawdziłem — odparł Goldberg.

King dał Asowi znak, że powierza jego pieczy kabinę pilotów, a potem wolno wstał i powiedział:

— Goldy? Na pewno pomyliłeś się, Goldy.

— Cholera jasna, przecież mówię ci, co wychodzi po rozszyfrowaniu — odparł gniewnie Goldberg. — Jeżeli mi nie wierzysz, to przyjdź tu i sam sprawdź.

Ich wymianę zdań słyszała cała załoga. Z dolnego pokładu wyszli Lothar Zogg oraz Sweets Kivel i wraz z Kingiem stłoczyli się wokół Dietricha i Goldberga. As Owens powierzył kierowanie lotem bombowca autopilotowi i przeszedł w głąb samolotu, żeby dołączyć do reszty.

Goldberg wyciągnął książkę szyfrów w stronę Kinga.

— Proszę — rzekł — chcesz sam sprawdzić?

King rzucił okiem na książkę szyfrów i powiedział:

— Dobra, niech ci potwierdzą ten rozkaz. Nie wspominaj o nim, słyszysz, a tylko żądaj potwierdzenia.

Goldberg zaczął manipulować rozmaitymi gałkami i przełącznikami aparatu. Wszyscy członkowie załogi przypatrywali się, jak znikają pierwsze litery i cyfry, a potem pojawiają się jeszcze raz takie same jak poprzednio. Przez kilka chwil zastanawiali się w kompletnej ciszy nad tym, co zdawało się nie do pomyślenia.

King podrapał się w głowę.

— Wiecie, zaczynam dochodzić do pewnych wniosków — oznajmił.

W utrzymującej się przez kilka następnych chwil ciszy, kiedy rozważali to, co usłyszeli, miny im spochmurniały. Powoli wszyscy obrócili się w stronę Kinga, czekając, aż ten wypowie rozstrzygające słowo.

— A więc, chłopcy, myślę, że to jest to.

— Co? — spytał As Owens.

— Wal-ka! Wojna!

— Ale przecież my wieziemy bomby wodorowe — wybąkał Lothar Zogg.

King potwierdził ten fakt ponurym skinieniem głowy.

— Zgadza się, wojna nu-kle-ar-na! Naparzanka z Ruskimi!

— A może są to po prostu jakieś kretyńskie ćwiczenia — rzekł z nutką nadziei w głosie zamyślony Lothar Zogg. — Żeby sprawdzić naszą czujność. Rozumiecie, żeby sprawdzić to, o sprawdzeniu czego zawsze marzą.

King ciachnął prawą ręką powietrze, odrzucając tym gestem jego domysł.

— Bzdury — oświadczył — na pewno nie wysłaliby nas tutaj z takim ładunkiem na ćwiczenia.

— Owszem, ale może to jest jakiś sprawdzian naszej karności. Kapujecie, wysyła się szyfrem rozkaz zaatakowania celu, a później odwołuje się go, żeby w ten sposób dowiedzieć się, kto rzeczywiście poleciał.

— Posłuchaj, Lothar, to naprawdę jest szyfrowy rozkaz zaatakowania celu! — oświadczył King. — Nigdy dotąd go nie wysłano i nigdy nie wydano by go na próbę.

Wygłosiwszy swój ostateczny sąd na ten temat, King zawrócił do kabiny pilotów. Reszta dalej omawiała temat przyciszonymi i przygnębionymi z początku głosami.

— Naszych, tam w kraju, czeka marny los — powiedział Sweets Kivel.

— Owszem, bardzo marny — przyznał Dietrich.

— Ale jak mogło do tego dojść? — spytał As Owens. — Nikt się tego nie spodziewał.

— Właśnie tego nie mogę pojąć — podzielił jego zdanie Sweets. — Jak mogło do tego dojść.

Tymczasem King, siedząc na fotelu w kabinie pilotów, wpatrywał się w portrety swoich przodków. Utkwił wzrok w podobiźnie Dziadzia Mamuta Dawsona. W spojrzeniu Kinga była tkliwość, a także duma. Pochylając się w przód i dotykając leciutko portretu, powiedział cicho:

— No cóż, Dziadziu Mamucie, może już niedługo pozostaniesz najważniejszy w naszym stadzie.

I wtedy zdał sobie sprawę, że reszta członków załogi nadal miele ozorami, otaczając gromadą Goldberga.

Goldberg coraz bardziej tracił opanowanie.

— To dranie, na pewno nas rąbnęły! — powiedział.

— Jasne — zabasował mu donośnie Dietrich. — My byśmy nie zaczęli wojny!

King obrócił się w fotelu. Do świadomości Goldberga i Dietricha nagle dotarły jego zabarwione zazdrością słowa.

— No i dobrze — rzekł spokojnie, ale z zaciętością — więc rąbnęli nas. Zgoda, i co począć z tym fantem? Powiem wam co. Trzeba oddać cios! Wziąć odwet! Tak to właśnie wygląda: uderzają w ciebie, uderz w nich! Racja?

Dietrich i Goldberg wymienili spojrzenia. Obaj skinęli na potwierdzenie głowami. Wiedzieli, że King ma słuszność.

Goldberg podźwignął się z siedzenia i przeszedł na przód samolotu. Minę miał niepewną. Wyciągnął rękę w stronę Kinga.

Wypowiedziawszy swoje zdanie, major King stał się znowu przystępny jak zawsze. Chwycił wyciągniętą dłoń Goldberga i energicznie ją uścisnął.

— Nie szkodzi, Goldy — powiedział. — To się zdarza nawet najlepszym. A teraz weźmy się w garść, chłopcy, bo czeka nas lot.

Z ojcowską czułością przyglądał się, jak załoga wraca na stanowiska i szykuje się do czynności bojowych.

Dietrich otworzył kasetkę i spomiędzy tuzina kopert wyjął grubą, zapieczętowaną i opatrzoną wyraźnym napisem „Najesz". Podniósł ją w górę, tak żeby King mógł zobaczyć napis. King przyjrzał się jej dokładnie i upewnił, że jest właściwa.

— Dobra, otwórz ją — polecił.

Z posępną aprobatą patrzył, jak Dietrich łamie pieczęć i wyjmuje z koperty sześć oddzielnych złożonych kart, po jednej dla każdego z członków załogi.

— Na razie kurs sto siedemdziesiąt pięć — podał przez telefon pokładowy Sweets Kivel. — Dokładniejszy kurs podam, kiedy naniosę go na mapę. Zajmie mi to najwyżej minutę.

King pochylił się w fotelu i skorygował żyroskop. Wielki bombowiec przechylił się i automatycznie skręcił, obierając nowy kurs.

Dokonawszy poprawki kursu, King przeczytał pierwszy egzemplarz instrukcji.

— Dobra — rzekł. — Oto wykaz poleceń. Całkowita cisza radiowa. Od tej chwili działać będzie tylko EZFC. Wywoławczy alarmowy szyfr indeksowy umieszczony będzie na jego wskaźniku. W porządku, Goldy, zrozumiałeś?

— Zrozumiałem. Nastawiam EZFC.

Kiedy Goldberg nastawiał radionadajnik, Sweets zgłosił kurs.

— Kurs sto siedemdziesiąt osiem, King.

— Zrozumiałem. Kurs sto siedemdziesiąt osiem.

King pochylił się, żeby ustawić żyrokompas, samolot jeszcze raz skręcił w prawo i wszedł na nowy kurs.

King ponownie odczytał fragment instrukcji.

— „Cel główny to wyrzutnie międzykontynentalnych rakiet balistycznych w Lapucie. Pierwsza bomba nastawiona na wybuch w powietrzu. Drugiej bomby użyjecie, gdyby pierwsza nie wybuchła. W przeciwnym razie lecicie dalej do drugiego celu, bazy pocisków w Borczawiu. Zapalnik nastawiony na wybuch w powietrzu." Są jakieś pytania?

Załoga nie miała pytań.

— Dobra — ciągnął King — za mniej więcej dziesięć minut zaczniemy tracić wysokość, żeby zejść poniżej pułapu, na którym mogą wykryć nas ich radary. Nad linią brzegową przelecimy na wysokości około piętnastu tysięcy stóp, a potem zejdziemy jak najniżej. Dobra, chłopcy, co powiecie na trochę gorącej kawy?

*** *Waszyngton*

Hotel Bajeczny zajmował całą przestrzeń pomiędzy dwoma ulicami. Pod względem architektonicznym był szpetny, ale na wszystkich jego osiemnastu kondygnacjach oferowano tym, których było na niego stać, same luksusy i niemal wschodni przepych. Owymi szczęśliwcami byli w większości najwyżsi rangą urzędnicy państwowi, dowódcy wojskowi, waszyngtońscy lobbyści, którym dopisało szczęście, oraz członkowie Kongresu.

Na szesnastym piętrze, w apartamencie 1604, rezydował dowódca Szefów Połączonych Sztabów. Nazywał się generał

Turgidson, dla wielu współpracowników po prostu „Buck". Właśnie rozkoszował się chłodnym i odświeżającym prysznicem, podczas gdy jego sekretarka, znana członkom załogi *Kolonii Trędowatych* jako Miss Spraw Zewnętrznych, leżała pupą do góry na łóżku.

Wysoka, zgrabna, czarnowłosa Miss Spraw Zewnętrznych miała na sobie bikini w groszki, raczej obnażające niż skrywające jej wdzięki. Wtem głos śpiewającego pod prysznicem generała Bucka Turgidsona przytłumiło uporczywe dzwonienie telefonu. Miss Spraw Zewnętrznych uniosła głowę, uklękła na łóżku i spojrzała na aparat.

— Mam go odebrać, Buck? — zawołała.

— Tak, musisz — dobiegł ją z łazienki głos Turgidsona.

Miss Spraw Zewnętrznych zgasiła lampę kwarcową, pod którą się wygrzewała, wstała z łóżka i schyliła się po słuchawkę.

— Halo... O tak, zastał pan generała Turgidsona, ale w tej chwili nie może podejść do telefonu... Ach, mówi jego sekretarka, panna Wood... Freddie, jak się masz? Świetnie, dziękuję... Och, właśnie odrabialiśmy zaległości w papierkowej robocie generała... Posłuchaj, Freddie, niestety, w tej chwili nie może się oderwać. W żaden sposób nie może podejść do telefonu... Aha, rozumiem, chwileczkę... Generale Turgidson, dzwoni pułkownik Puntrich.

— Każ mu zadzwonić jeszcze raz — odkrzyknął z łazienki Turgidson.

— Freddie, generał prosi, żebyś może zadzwonił za kilka minut... — powiedziała prędko dziewczyna do słuchawki. — A, rozumiem. To nie może czekać.

— Ech, jak Boga kocham — rozległ się ponownie głos Turgidsona. — Dobrze, dowiedz się, czego chce.

— Freddie, rzecz w tym, że generał jest w tej chwili w toalecie. Możesz mi powiedzieć, o co chodzi?... Buck, jakieś osiem minut temu nasłuch wyłapał jednoznaczną wiadomość nadaną z bazy lotniczej w Burpelson. Skierowaną do skrzydła bombowców na patrolu. Rozszyfrowano ją jako „Atak Najesz".

Odgłosy cieknącej wody ustały. Turgidson był wyraźnie rozeźlony.

— No... to... każ mu zadzwonić do tego, jak mu tam... do dowódcy tej bazy, Rippera. Czy ja muszę myśleć o wszystkim? — Freddie, jesteś tam? — spytała panna Wood, czyli Miss Spraw Zewnętrznych. — Posłuchaj, generał proponuje, żebyś zadzwonił do generała Rippera... a, rozumiem... To znaczy, że nie ma łączności z bazą?

— Każ mu to sprawdzić osobiście — powiedział głośno Turgidson.

— Generał proponuje — powiedziała szybko panna Wood — żebyś sam spróbował się z nim skontaktować... a, rozumiem. — Przykryła dłonią mikrofon słuchawki i powiedziała w stronę łazienki: — Mówi, że próbował kilka razy, ale generał Ripper w ogóle nie odpowiada.

Ubrany w jaskrawy płaszcz kąpielowy generał Turgidson wymaszerował z łazienki. Wziął słuchawkę od sekretarki, ta zaś uklękła na poduszce w łóżku i wydobyła z torebki papierosa.

— Fred, tu Buck — powiedział Turgidson. — Jak wygląda sytuacja? A... aha... to naprawdę Najesz? Ha... no tak... no tak, a co słychać na tablicy zagrożeń?... Nie! — Skręcił głowę w prawo, tak żeby sekretarka mogła mu włożyć w usta papierosa. — W ogóle nic... To mi się nie podoba, Fred... aha... coś ci poradzę, stary. Zadzwoń do Elma i Charliego, postaw wszystko w stan pogotowia i waruj przy telefonie. Zadzwonię do ciebie.

Generał odłożył słuchawkę.

Panna Wood spojrzała na niego. Z jej dużych, wilgotnych oczu wyzierało oddanie.

— Co się stało, kochanie? — spytała.

— Nic — odparł Turgidson. — Gdzie są moje gatki?

— Na podłodze. Dokąd się wybierasz?

Turgidson okrążył łóżko.

— Specjalnie nigdzie. Przyszło mi na myśl, żeby wpaść do Centrum Dowodzenia i zobaczyć, co tam słychać.

Schylił się i podniósł z podłogi kalesony.

— Ale przecież jest trzecia rano!

Turgidson szybko wciągnął gatki i zrzucił z siebie płaszcz kąpielowy.

— Lotnictwo nigdy nie śpi! — oświadczył.

Panna Wood położyła się na wznak na łóżku.

— Buck, kochanie — powiedziała. — Mnie również nie chce się spać.

Coś w tonie jej głosu skłoniło Turgidsona do szybkiego odwrócenia się i spojrzenia na nią.

— Och, wiem, co czujesz, dziecinko — rzekł. Przeczołgał się na drugie łóżko, na którym leżała. — Powiem ci, co zrobisz — powiedział czule. — Od razu zacznij odliczać, a twój kochany Buckie wróci do ciebie na pewno przed startem.

Spojrzała na niego z czułością i wyciągnęła rękę, żeby pogłaskać go po krótkich, szczeciniastych, obciętych na jeża włosach. A potem drugą ręką objęła go za szyję i mocno do siebie przytuliła.

*** *Baza Lotnicza w Burpelson*

Ciszę i spokój panujące do tej pory w Burpelson zburzyły gwałtownie rozkazy generała Rippera, nakazujące odciąć bazę od świata zewnętrznego.

Żołnierskie oddziały rozbiegły się planowo we wszystkich kierunkach, a w licznych miejscach wokół bazy broniący dostępu do niej żołnierze z obsad karabinów maszynowych okopywali się wraz ze swoim wyposażeniem bojowym. Wszystkich, których uznano za zdolnych do posługiwania się granatami, to znaczy za groźniejszych dla przeciwnika niż dla własnych kolegów, uzbrojono w nie. Było ich wszakże niewielu, jako że Burpelson służyło przede wszystkim za bazę lotniczą, a z dobrego mechanika niekoniecznie jest dobry wojak. Mimo to ponad tysiąc żołnierzy utworzyło kordon obronny, a generał Ripper przez pancerne szyby obserwował ze swojego gabinetu ich poczynania z uznaniem i zadowoleniem.

Odwrócił się od okna, podszedł do biurka, wziął do ręki mikrofon i włączył głośniki. Przemówił. Była to, naturalnie, zwykła procedura. Kiedy dowodzący generał miał coś ważnego do zakomunikowania, zawsze zwracał się do swoich podwładnych.

W całej bazie z wielkich głośników rozbrzmiał metalicznym echem jego głos. Żołnierze przerwali czynności, żeby go wysłuchać, bo większość podwładnych podziwiała Rippera i darzyła go szacunkiem.

— ...dlatego zwracam się do was w tej chwili. Wielu z was zapewne nigdy nie widziało wybuchu bomby atomowej, w związku z czym może żywić przesadne obawy co do liczby ofiar. Pozwólcie zatem mnie, swojemu dowódcy, z pełnym przekonaniem zapewnić was, że pomiędzy zwyczajną kulą a bombą atomową jest bardzo niewielka różnica, z wyjątkiem — być może — skali, kto wie, czy nie znacznie skromniejszej, niż to oceniają eksperci. Ale jedno wiem na pewno — ktoś, kogo godzina wybiła, nic na to nie poradzi, a więc w końcu tak czy owak wychodzi na to samo.

Lotnik, który okopywał karabin maszynowy przy głównej drodze dojazdowej do bazy, trącił łokciem w bok swojego kolegę.

— Wiesz, nigdy o tym nie myślałem w taki sposób — powiedział. — Nie ma co, stary jasno stawia sprawę. Czy oberwiesz tym, czy tamtym, to i tak po tobie.

— Właśnie — zgodził się drugi lotnik — już po nas.

— ...ale są jeszcze inne metody ataku — ciągnął przez głośniki Ripper — wymienione w rozkazie bojowym, co dla nas tutaj, w Burpelson, może mieć fatalne następstwa.

Tu Ripper wymienił rozkazy, których wykonania wymagała Operacja Ostryga. Obejmowały one: (a) stanięcie w obronie Konstytucji Stanów Zjednoczonych, bez względu na skutki tej obrony; (b) bezwarunkowe wypełnianie rozkazów swojego dowódcy i tylko jego; (c) czujność wobec sabotażystów i strzelanie do nich bez zważania na to, jak bardzo mogą się wydać przyjacielscy; (d) dochowanie wiary w Boga i w czystość płynów ustrojowych.

Ripper zamilkł, odchrząknął i sięgnął po szklankę wody deszczowej, którą nalał sobie przed zwróceniem się z przemową do żołnierzy. A potem mówił dalej.

— Ponieważ wiem już, że znacie ten rozkaz szczegółowo, myślę, że żaden z was nie zawiedzie, uznałem jednak, że najlepiej będzie powtórzyć wam — w interesie nas wszystkich — jego najważniejsze punkty.

Znowu przerwał, lecz tym razem po to, żeby opanować przemożne wzruszenie, które — gdyby tego nie zrobił — z pewnością ujawniłoby się w jego głosie i mogłoby się udzielić żołnierzom. Nie chciał zaś, żeby mieli zamglony wzrok, kiedy ostry mógł się im przydać w walce z wrogiem. Zdołał pokonać wzruszenie i ciągnął zwykłym tonem:

— Na zakończenie, żołnierze, chciałbym wam powiedzieć, że w ciągu tych dwóch lat, kiedy miałem zaszczyt wami dowodzić, zawsze oczekiwałem od was najlepszego, wy zaś nigdy mnie pod tym względem nie zawiedliście. Życzę wam wszystkim powodzenia.

Zagłębił się wygodnie w fotelu i zapalił cygaro. Opadło go zmęczenie, jednakże w głębi ducha był z siebie ogromnie zadowolony. Wykonał zadanie. Baza została odcięta od świata. Operacja Ostryga dobiegła końca. Wiedział, że jego chłopcy go nie zawiodą.

Drzwi kancelarii otworzyły się i do środka wszedł pułkownik Mandrake.

*** Kolonia Trędowatych

W wąskiej, ciasnej przestrzeni pomiędzy kabiną pilotów a stanowiskami operatora systemów obronnych i radio-radarowca tłoczyło się w tej chwili, spoglądając na Kinga, pięciu pozostałych członków jego załogi. Nastrój był poważny.

Przy jego boku, na fotelu, który opuścił ną czas, kiedy samolotem sterował autopilot, piętrzył się stos sześciu plastikowych pakunków przypominających bożonarodzeniowe paczki z upominkami dla chłopców.

King wziął jedną z nich i podniósł w górę, tak żeby wszyscy mogli ją zobaczyć. A potem zwrócił się do załogi, której członkowie zachowywali pełne szacunku milczenie.

— Dobra, chłopcy — powiedział — zanim znajdziemy się nad terytorium nieprzyjaciela, muszę wam wręczyć ten zestaw ratunkowy, który umożliwi wam przeżycie. Znajdziecie w nim — zaczął czytać spis umieszczony z drugiej strony pakunku — jeden pistolet automatyczny kalibru czterdzieści pięć, dwa pudełka amunicji, racje żywnościowe w koncentracie wystarczające na cztery dni, żyłkę rybacką i haczyki, sześć plastikowych robaków do zakładania na wędkę, scyzoryk, kompas, zestaw lekarstw zawierający antybiotyki w pastylkach, kapsułki z morfiną, witaminy, proszki pobudzające, nasenne, uspokajające, miniaturowe wydanie rosyjskiego słownika frazeologicznego połączone z Biblią, sto dolarów w złocie, cztery szwajcarskie zegarki z dwudziestoma jeden kamieniami, sto dolarów w rublach, pięć złotych wiecznych piór, dziesięć paczek gumy do żucia, paczkę prezerwatyw, trzy szminki, trzy pary nylonowych pończoch.

Skończywszy czytać listę, King rozdał wszystkie pakunki członkom załogi, którzy po kolei występowali z grupy, żeby je odebrać. Swoją własną paczkę King postawił z boku przy fotelu.

Kolonia Trędowatych planowo leciała dalej bez najmniejszych przeszkód w stronę nieprzyjacielskiego brzegu.

*** Pentagon

Podobno napięcie w stosunkach międzynarodowych na świecie można dokładnie określić, obliczając ilość lamp palących się nocą w Pentagonie. Zazwyczaj jest ich niewiele. Palą się one w pomieszczeniach oficerów dyżurnych, szyfrantów i innych osób urzędowych, których wydziały potrzebują całodobowej obsady personalnej przez wszystkie dni w roku. Tej nocy w ogromnym budynku paliło się więcej świateł niż zazwyczaj. Budynek posiadał wiele wind. O jednej z nich wiedzieli bardzo nieliczni. Właśnie zjeżdżała na głębokość stu stóp pod parterem. Drzwi rozsunęły się i ze środka wypadła gromada mężczyzn. Błyskawicznie rozsypali się wachlarzowato, tworząc kordon, który w energicznym tempie ruszył pustym korytarzem prowadzącym na wprost od windy.

Dziesięciu tajnych agentów rządowych, tworzących tę eskortę, biegło żwawym truchtem, żeby dotrzymać tempa szybko przemieszczającemu się obiektowi, jaki ochraniali. Obiektem tym był elektryczny wózek, na którym siedział Merkin Muffley, prezydent Stanów Zjednoczonych.

Kiedy wózek w asyście mocno zasapanej eskorty mijał nieskazitelnie schludnych i czujnych wartowników z karabinami, którzy w dwudziestopięciostopowych odstępach stali wzdłuż ścian korytarza, prezydent robił użytek z elektrycznej golarki na baterie. Grupa przebyła pędem kręty korytarz i zatrzymała się przed ciężkimi metalowymi drzwiami, nad którymi widniał napis: KATEGORIA PIERWSZA — STREFA MAKSYMAL-NEGO BEZPIECZEŃSTWA. Żeby sprawdzić efekt golenia, Muffley pogładził dłonią twarz, wsunął golarkę z powrotem do przegródki i zsiadł z wózka.

Metalowych drzwi strzegł kapitan i dwóch sierżantów, z których jeden uzbrojony był w pistolet automatyczny kalibru 45, a drugi w karabin maszynowy. Trójka wojskowych energicznie trzasnęła obcasami prężąc się na baczność, kiedy prezydent w asyście towarzyszących mu po bokach tajnych agentów podszedł do nich.

Prezydent zatrzymał się przed kapitanem.

— Dzień dobry, kapitanie — przywitał go z roztargnieniem, jednocześnie gestem nakazując mu, żeby otworzył drzwi.

Kapitan, sztywno wyprężony na baczność, z twarzą stanowiącą wzór wojskowej niewzruszoności, poruszył wargami tylko na tyle, żeby odpowiedzieć:

— Dzień dobry, panie prezydencie. Proszę okazać przepustkę.

Prezydent Muffley zmarszczył brwi i pośpiesznie zaczął przeszukiwać kieszenie.

— No cóż — rzekł po chwili — przykro mi, kapitanie. Niestety, zostawiłem portfel w sypialni.

Zrobił krok do przodu, ale kapitan zastąpił mu drogę ze słowami:

— Przykro mi, panie prezydencie. To strefa maksymalnego bezpieczeństwa. Regulamin Bezpieczeństwa, paragraf sto trzydzieści cztery B, punkt siódmy, podpunkt D, pozycja szósta, nakazuje...

— Wszyscy o tym wiemy — przerwał mu szef tajnych służb i dla okazania szacunku ściszył głos. — To jest prezydent naszego państwa, kapitanie.

Kapitan nie poruszył się jednak i nie zmienił wyrazu twarzy.

— Przecież widzę, że pan mnie rozpoznaje, kapitanie — powiedział prezydent.

— Tak jest. Rzeczywiście rozpoznaję, panie prezydencie, ale przepisy bezpieczeństwa, paragraf sto trzydzieści cztery B, punkt siódmy, podpunkt D, pozycja szósta, wyraźnie mówią, że wszystkie osoby personelu wchodzące do Centrum Dowodzenia muszą wylegitymować się przepustkami identyfikacyjnymi Białego Domu. Regulamin nie przewiduje wyjątków dla nikogo, panie prezydencie.

Prezydent Muffley z zakłopotaniem przestąpił z nogi na nogę.

— Kapitanie, sytuacja ta jest bardzo niefortunna i niezręczna. Narodowa Rada Bezpieczeństwa już się zebrała i czeka na mnie w sprawie nie cierpiącej zwłoki. Nawet minuty mogą mieć znaczenie. Zapewniam pana osobiście, że tym razem można przymknąć oko na przepisy.

— Przykro mi, panie prezydencie. Nie wolno mi pana wpuścić. Regulamin Bezpieczeństwa, paragraf sto trzydzieści cztery B, punkt siódmy, podpunkt D, pozycja szósta...

Kiedy wojskowy to mówił, prezydent dał niezauważalny znak szefowi tajnych agentów. Cała eskorta rzuciła się na kapitana oraz dwóch sierżantów i przywaliła ich kłębowiskiem własnych ciężkich ciał. Szef agentów zrobił krok do przodu i otworzył ciężkie drzwi przed prezydentem, a potem w towarzystwie dwóch tajnych agentów, którzy nie wzięli udziału w szamotaninie, wszedł za nim do następnego pomieszczenia.

Była to duża prostokątna sala całkowicie pozbawiona mebli, z wyjątkiem jedynego fotela, który stał na samym środku. Prezydent szybko podszedł do niego i wygodnie się w nim usadowił. A potem wyjął chustkę do nosa i otarł nią załzawione oczy. Był mocno przeziębiony i cierpiał na przewlekły ból głowy.

Dwóch tajnych agentów czekało z całym szacunkiem, aż prezydent skończy korzystać z chusteczki. Potem zaś, kiedy wreszcie wetknął ją do kieszeni, zbliżyli się do niego i starannie przypięli pasami do fotela. W tym czasie ich szef podszedł do ściany, której jedyną ozdobę stanowił duży ręczny przełącznik. Stał w tej chwili przy nim, gotów go uruchomić na znak prezydenta.

Prezydent spojrzał na niego i powiedział:

— Jedną chwilę, Charlie. Naprawmy tę sytuację, dobrze? Poślij kogoś po tę przepustkę.

— Tak jest — odparł szef agentów. — Gotów pan, panie prezydencie?

Prezydent na potwierdzenie tych słów z powagą skinął głową. Szef szarpnął przełącznik i fotel gładko i płynnie podjechał do sufitu na hydraulicznym walcu. Niestety, z powodu jakiejś mechanicznej usterki nie dojechał do końca, lecz zatrzymał się kilka stóp od powały. Prezydent wysmarkał nos i z irytacją skinął na szefa, ten zaś kilkakrotnie gwałtownie nacisnął przełącznik. Wreszcie mechanizm zadziałał i fotel ruszył znowu w górę, znikając z oczu zebranych za ruchomymi drzwiami w suficie.

**** Centrum Dowodzenia*

Była to ogromna, przepastna sala o pochyłych betonowych ścianach, które zbiegały się ze sobą w górze i tworzyły trójkąt z czarną, lśniącą podłogą.

Jedną z owych ścian ozdabiały szeregi ekranów zawierających wszelkie informacje na temat najrozmaitszych aspektów obrony narodowej przeznaczone dla tych, którzy mieli przywilej je oglądać. Ekrany te przedstawiały podświetlone mapy i jeden rzut oka wystarczał, by się zorientować w zmieniającej się sytuacji.

Ekran na lewym skraju ukazywał mapę okolic podbiegunowych USA i ZSRR. Był on połączony z Systemem Wczesnego Ostrzegania przed Pociskami Balistycznymi oraz z dwiema bazami w Stanach Zjednoczonych i jednej w Wielkiej Brytanii. Pokazywał też trajektorie rakiet przez nie wykrytych.

Ekran obok pokazywał liczbę bombowców lotnictwa strategicznego będących do dyspozycji i stojących w gotowości bojowej. Pokazywał też liczbę amerykańskich pocisków oraz ile czasu zajmie ich wystrzelenie.

Na prawo od tego wykazu znajdował się rzut kartograficzny Stanów Zjednoczonych, sięgający aż do Arktyki. Można było na nim zobaczyć wszystkie zgrupowania rosyjskiego lotnictwa bombowego oraz okrętów podwodnych znajdujących się w zasięgu pocisków od amerykańskiego brzegu.

Dalej następował największy ekran — kartograficzny rzut płaszczyznowy Rosji wraz z przyległymi terytoriami i morzami. Można na nim było demonstrować wytyczone trasy lotu bombowców strategicznych zdążających w stronę wyznaczonych celów ataku. Można było na nim również wyświetlić te cele. Cele główne oznaczono trójkątami, cele drugorzędne kwadratami. Były nimi przeważnie bazy pocisków i bombowców oraz pewna liczba stacji radarowych i wyrzutni pocisków defensywnych. Niektóre z nich leżały w pobliżu dużych skupisk ludności, inne nie. Z planu na ekranie nie sposób było się tego dowiedzieć. Skupisk ludności na nim nie zaznaczono.

Były też inne ekrany, pokazujące pogodę na całej kuli ziemskiej, przewidywane opady, a także rozmieszczenie sił lądowych, morskich i powietrznych NATO i radzieckich w Europie i na Morzu Śródziemnym.

Ów szereg ekranów znany był tym, którzy zawiadywali światową strategią wojskową, pod nieoficjalną nazwą Wielkiej Tablicy.

Zasiadali oni w tej chwili wokół wielkiego, okrągłego, przykrytego zielonym suknem stołu, w który wbudowane były telefony. Miejsca, które zajmowali, oświetlał z góry krąg świateł. Powietrze było gęste od papierosowego dymu.

Wyczekiwali na trzask otwieranych drzwi zapadowych i pojawienie się w nich łysej głowy prezydenta w okularach z grubymi szkłami.

Kiedy jego fotel wjechał na wolne miejsce przy stole, dwudziestu dwóch siedzących już tam mężczyzn wstało. Jeden nie wstał, gdyż siedział na wózku inwalidzkim, którego nie mógł opuścić bez czyjejś pomocy. Niemniej na znak szacunku targnął głową. Nazywał się doktor Strangelove. Prezydent Muffley energicznie wysmarkał nos, a potem rzekł:

— Dzień dobry panom. Proszę usiąść. Czy są wszyscy?

— Panie prezydencie — odezwał się Staines, jeden z jego osobistych asystentów — sekretarz stanu jest w Wietnamie, sekretarz obrony w Laosie, wiceprezydent w stolicy Meksyku. W razie potrzeby możemy się z nimi skontaktować w każdej chwili.

— Dobrze, dobrze — odparł z roztargnieniem prezydent i spojrzał na generała lotnictwa Bucka Turgidsona, szefa Szefów Połączonych Sztabów. — A teraz niech pan mi powie, Buck, co się tu, do diabła, wyrabia.

Generał Turgidson wstał sprężyście. Na twarzy miał, jak zwykle, lekki uśmiech. Ale tych, którzy znali Turgidsona, bynajmniej on nie zwiódł. Generał był w pełnym umundurowaniu, a cztery generalskie gwiazdki lśniły mu na ramionach w świetle padającym z góry.

— No więc, panie prezydencie, wydaje mi się, że mamy pewne kłopoty.

— Niewątpliwie — odparł prezydent. — Na pewno nie wyciągano by mnie z łóżka o tej porze, gdyby ich nie było. Na czym polegają?

— Panie prezydencie — zaczął Turgidson — wygląda na to, że ponad trzydzieści bombowców należących do jednego z naszych latających skrzydeł alarmowych otrzymało rozkaz zaatakowania wyznaczonych im celów w Rosji. Bombowce te są wyposażone w ładunki atomowe o sile przeciętnie czterdziestu megaton. Centralny ekran z mapą Rosji wskaże pozycje tych samolotów — trójkątami oznaczono ich cele główne, kwadratami drugorzędne. Bombowce te znajdą się w zasięgu radzieckiej ochrony radarowej najdalej za dwadzieścia pięć minut od tej chwili.

Doktor Strangelove bacznie wpatrywał się w prezydenta, który właśnie przetrawiał informacje otrzymane od Turgidsona. Orzekł, że prezydent się nimi przejął, natomiast Turgidson jest zadowolony i pewny siebie. On sam bynajmniej się nie zmartwił. Chociaż z obecnych w sali niewielu znało go osobiście, to od dawna wywierał on wpływ na politykę obronną Stanów Zjednoczonych. Był odludkiem, w czym swój udział miało być może zbombardowanie przez Anglików Peenemünde, gdzie pracował nad niemieckimi rakietami V-2. Przypominała o tym jego prawa dłoń w czarnej rękawiczce. Nie był pewien, czy bardziej niż Rosjan nie lubi Brytyjczyków. Przez pomocne dwuogniskowe szkła przypatrywał się swoimi oczami krótkowidza pojedynkowi prezydenta z generałem Turgidsonem, którego nie znał.

— Tak jest — ciągnął Turgidson — wygląda na to, że generał Ripper z bazy w Burpelson, jednej z naszych najlepszych, panie prezydencie, postanowił wysłać swoje samoloty na Rosjan.

Prezydent Muffley przesunął dłonią po czole.

— Bardzo trudno mi to zrozumieć, generale — rzekł. — Przecież tylko ja mam prawo wydać rozkaz użycia broni atomowej.

Turgidson uśmiechnął się nieco szerzej, jak zwykle, kiedy był w opałach.

— Owszem, panie prezydencie — powiedział grobowym głosem. — Tylko pan ma do tego prawo. Nie chcę wyrokować przed poznaniem wszystkich faktów, ale zaczyna mi wyglądać na to, że generał Ripper nadużył, że się tak wyrażę, swojej władzy.

— Ależ to niemożliwe! — wykrzyknął zirytowany prezydent.

— A czy pamięta pan o postanowieniach dotyczących Najesz, panie prezydencie?

— Najesz? — spytał zdezorientowany Muffley, kręcąc głową.

— Tak jest, panie prezydencie. Najesz — powiedział szybko Turgidson. — Na pewno pan sobie przypomina — Najesz to awaryjny plan wojenny, w myśl którego dowódca najmniejszego eszelonu może wydać rozkaz kontrataku atomowego po podstępnym ataku wroga, jeżeli zostanie zerwana łączność pomiędzy szczeblami dowodzenia. Pan zgodził się na to. Z pewnością pamięta pan wielką wrzawę, jaką podniósł senator Duff w sprawie braku wiarygodności naszych środków odstraszania. Najesz miał w zamyśle spełniać rolę zabezpieczenia odwetowego.

— Jak to zabezpieczenia?

— No cóż, panie prezydencie, zawiódł nas tu niewątpliwie, jak widać, czynnik ludzki, ale chodziło o to, żeby odwieść Rosjan od wszelkich marzeń o tym, że uda im się podstępnym atakiem zniszczyć Waszyngton i pana, i wskutek braku odpowiedniego dowództwa i władzy uniknąć naszego kontruderzenia.

— No dobrze — rzekł prezydent Muffley — dobrze. Czy w ciągu minionej doby mieliśmy jakiekolwiek sygnały, wskazujące na wrogie zamiary Rosjan?

— Nie, panie prezydencie, żadnych. A im dłużej się nad tym zastanawiam, tym bardziej zaczyna mi to wyglądać na doprawdy ogromnie niefortunne nadużycie Najesz.

Prezydent spojrzał na centralny ekran, na którym tory lotu poszczególnych bombowców nieustannie zbliżały się ze wszystkich stron do terytorium Związku Radzieckiego. A potem spuścił wzrok na leżący przed nim brulion i w zamyśleniu nakreślił tam kilka zagadkowych linii. Ponownie przeniósł wzrok na Turgidsona.

— No tak — rzekł — dobrze. Ale te samoloty chyba automatycznie zawrócą, kiedy tylko dolecą do swoich punktów zwrotnych w strefie Bezpieczeństwa Atomowego?

— Niestety nie, panie prezydencie. W chwili wydania szyfrowanego rozkazu do ataku bombowce te znajdowały się właśnie w swoich punktach zwrotnych. A po ich przekroczeniu nie potrzebują już rozkazu, żeby lecieć dalej. Będą leciały, aż dotrą do wyznaczonych celów.

— To dlaczego nie odwołaliście rozkazu dla tych samolotów przez radio?

— Niestety, nie mamy łączności z żadnym z nich.

— Ależ to czysty nonsens! — oświadczył ostrym tonem prezydent.

Turgidson ponownie przybrał wstępny uśmiech.

— Być może przypomina pan sobie, panie prezydencie — zaczął — że wśród zasad wchodzących do planu Najesz jest taka, która mówi, że po otrzymaniu szyfrowanego rozkazu ataku jednofalowe radia w samolocie przełączają się na specjalny przyrząd szyfrujący, który nazywa się chyba EZFC. Żeby uchronić się przed nadawanymi przez wroga fałszywymi lub dezorientującymi rozkazami, EZFC jest zaprojektowany w taki sposób, żeby nie odbierał niczego z wyjątkiem wiadomości, które poprzedza odpowiedni szyfr wstępny.

— No, ale z pewnością jest on zawarty w szyfrze głównym Dowództwa Lotnictwa Strategicznego?

— Nie, nie jest, panie prezydencie. Ponieważ rzecz dotyczy awaryjnego planu wojennego, który realizuje jakaś mniejsza jednostka wojskowa, to ów wstępny szyfr ustala dowódca tej jednostki, w tym wypadku więc zna go jedynie generał Ripper, który na poprzedzającej lot odprawie tuż przed startem zmienił go i osobiście przekazał załogom tych bombowców.

— Chce pan przez to powiedzieć, że nie będzie pan mógł ich odwołać? — spytał wolno prezydent Muffley.

— Niestety, tak to właśnie wygląda, panie prezydencie. Wypróbowujemy wszelkie możliwe kombinacje szyfrowe, ale jest ich tysiące i nadanie ich wszystkich przez radio zajęłoby nam kilka dni.

— Mówi pan, że za ile minut te samoloty znajdą się w zasięgu obrony radarowej Rosjan?

— Za mniej więcej osiemnaście minut, panie prezydencie.

— Ma pan łączność z generałem Ripperem? — spytał prezydent głosem, który nabrał władczości i energii.

— Nie, panie prezydencie. Generał Ripper odciął swoją bazę od świata i wyłączył wszystkie środki łączności. Nie możemy się z nim skontaktować.

— No to skąd, do diabła, pan to wszystko wie? — zirytował się prezydent.

— Wkrótce po wydaniu szyfrowanego rozkazu ataku generał Ripper zadzwonił do Dowództwa Lotnictwa Strategicznego, panie prezydencie. Mam przed sobą fragmenty zapisu tej rozmowy, jeżeli więc pan sobie życzy, to je odczytam.

Prezydent potaknął skinieniem głowy.

— Oficer dyżurny zażądał od generała Rippera potwierdzenia, że wysłał szyfrem rozkaz do ataku, na co ten odpowiedział: „Tak, panowie, już tam lecą i nic nie może ich zawrócić. Dla dobra naszego kraju i naszego modelu życia proponuję, żebyście wysłali za nimi resztę naszych sił lotniczych, bo w przeciwnym razie zostaniemy doszczętnie zniszczeni przez odwetowe uderzenie Czerwonych. Lećcie więc, bo nie mamy wyboru. Jak Bóg da, zatriumfujemy w pokoju, wolni od strachu i cieszący się prawdziwym zdrowiem dzięki czystości i treści naszych płynów ustrojowych". A potem odwiesił słuchawkę.

— Powiedział pan coś o płynach?! — spytał prezydent Muffley.

Turgidson ponownie spojrzał na kartkę maszynopisu i odnalazł właściwe zdanie.

— Tak jest, mam to — rzekł. — „Zatriumfujemy w pokoju, wolni od strachu i cieszący się prawdziwym zdrowiem dzięki czystości i treści naszych płynów ustrojowych." W dalszym ciągu staramy się rozgryźć znaczenie tego zdania, panie prezydencie.

— Tu nie ma nic do rozgryzania, generale. Ten człowiek to oczywisty wariat.

— Ja, panie prezydencie, wolałbym wstrzymać się z oceną do czasu poznania wszystkich faktów.

— Generale Turgidson — rzekł wolno prezydent — kiedy wprowadzał pan testy na rzetelność dowódców wojskowych, zapewniał mnie pan, że nic takiego zdarzyć się nie może.

— Nie sądzę, żeby z powodu jednej wpadki należało potępiać w czambuł cały program, panie prezydencie.

Prezydent Muffley wymownym gestem uciął dalszą dyskusję.
— Nieważne, tracimy cenny czas — rzekł. — Chcę osobiście
rozmawiać z generałem Ripperem przez telefon.
— Obawiam się, że nie jest to możliwe, panie prezydencie.
Prezydent Muffley zabębnił palcami po stole. Z wyraźnym
wysiłkiem próbował się opanować, ale po chwili wybuchnął:
— Generale, coraz mniej i mniej mnie obchodzi, co pan
uważa za możliwe!
Zasiadający wokół stołu milczeli. Rzucali ukradkowe spojrzenia na spurpurowiałego na twarzy, lecz wciąż jeszcze uśmie-
chającego się krzywo generała i na minę prezydenta, który
z ogromnym trudem powstrzymywał wściekłość.
Po dziesięciu sekundach, które wlokły się jak godziny, Turgidson rzekł:
— Panie prezydencie, jeżeli wolno mi zabrać głos w imieniu
generała Facemana, admirała Randolpha, naszych adiutantów,
członków naszych sztabów, to oświadczam, że wszyscy jesteśmy
fachowcami. Poświęciliśmy wojsku całe życie i znamy się na
swojej robocie. Rozważyliśmy wszelkie ewentualności i może
być pan pewien, że wszystkie zainteresowane departamenty trzy-
mają rękę na pulsie. Wszyscy rozumiemy, jakie brzemię dźwiga
pan na barkach, tak nagle wyrwany z łoża boleści, lecz pozwolę
sobie zauważyć, że bronimy tej samej sprawy. Przyświeca nam
ten sam cel, więc być może najlepiej byłoby, gdyby pozostawił
pan tę sprawę nam.
Kiedy prezydent odpowiedział, w jego nadal bardzo opanowanym głosie pobrzmiewała skrywana wściekłość.
— Generale Turgidson, chcę, żeby jedno było jasne i to
jasne jak słońce — to ja tu podejmuję decyzje! To ja kieruję
wszystkim aż do samego końca! To moja odpowiedzialność
i moje prawo, ten zaś, kto uważa, że jego zawodowe umiejętności
nie znajdują odpowiedniego uznania, może złożyć dymisję, która
zostanie natychmiast przyjęta!
— Ależ panie prezydencie — odparł Turgidson — jesteśmy

tu przecież po to, żeby służyć panu pomocą, ja zaś w żadnym wypadku nie miałem zamiaru pana urazić.

— No dobrze, przyjmuję pańskie wyjaśnienie — powiedział prezydent. — Generale Faceman, czy w pobliżu Burpelson są jakieś oddziały wojska?

— Jedną chwilę, panie prezydencie. — Generał Faceman obrócił się do siedzącego obok niego pułkownika i w pośpiechu zaczęli się naradzać ściszonymi głosami. Po chwili ten krępy, siwowłosy, mający około czterdziestu pięciu lat wojskowy rzekł: — Tak jest. O ile mi wiadomo, to mniej więcej siedem mil stamtąd, w Alvorado, stacjonuje dywizja powietrzno-desantowa.

— Doskonale — ucieszył się prezydent. Głos pomimo przeziębienia miał wyraźny i donośny. — Generale Faceman, chcę, żeby osobiście zadzwonił pan do nich i porozmawiał z dowódcą jednostki. Niech natychmiast rusza ze swoim wojskiem. Jeżeli brak mu pojazdów, niech rekwirują samochody na autostradzie, ale niech pan mu przekaże, że musi dotrzeć do Burpelson w ciągu kwadransa od odłożenia słuchawki. Jeżeli nie będzie w stanie dowieźć tam wszystkich żołnierzy, niech zabierze, ilu może. Chcę, żeby dostali się do tej bazy, odnaleźli generała Rippera i zmusili go do natychmiastowego zadzwonienia do mnie.

— A co pan sądzi o obronie cywilnej, panie prezydencie? — zadał pytanie asystent prezydenta, Staines.

— A tak, obrona cywilna... — rzekł prezydent, zamilkł i rozważając tę kwestię zmarszczył czoło. Znowu korzystał z inhalatora.

— Może pozwolimy nieco dojrzeć sytuacji, panie prezydencie? — zaproponował Staines.

— A owszem — zgodził się prezydent — owszem. Sądzę, że w tej chwili nic lepszego nie można zrobić.

Odwrócił się, żeby spojrzeć na elektroniczne ekrany.

Doktor Strangelove również na nie spojrzał. Zauważył, że linie wytyczające trasy bombowców wytrwale zbliżają się w stronę granic Rosji. Bynajmniej go to nie zmartwiło.

*** Kolonia Trędowatych

Kolonia Trędowatych wciąż leciała wysoko, mknąc bez przeszkód ponad wiszącymi hen, nad zamarzniętą ziemią chmurami. Wyznaczony profil lotu wymagał jednak w tej chwili zejścia w dół, żeby uniknąć wytropienia przez radzieckie radary. Radary działają wedle ściśle określonego i przewidywalnego wzorca. Wiązki ich promieni biegną w linii prostej. Ale ziemia jest zakrzywiona i dlatego nadlatujący nisko samolot może uniknąć wykrycia.

Porucznik Sweets Kivel, nawigator, zakończył obliczenia i zerknął na zegar. Odczekał, aż wskazówka sekundnika dotrze do miejsca, jakie jej wznaczył, a potem rzekł:

— Opadaj z prędkością tysiąca pięciuset na minutę. To wystarczy, żebyśmy swobodnie zeszli poniżej wiązek ich radarów.

King wyważył bombowiec i wolno zmniejszył gaz, żeby utrzymać odpowiednią prędkość. *Kolonia Trędowatych* zaczęła wolno schodzić w dół, opadając 1500 stóp na minutę z prędkością 0,9 macha.

— Opadanie stałe tysiąc pięćset — oznajmił. — Szybkość stała zero dziewięć macha.

Sweets Kivel spojrzał na radar nawigacyjny wskazujący pozycję samolotu względem ziemi, który częściowo powielał wskazania przyrządów pilota.

— Zrozumiałem. Tak trzymaj.

— Dobra — odezwał się King. — Kontrola urządzeń.

Operator systemów obronnych, porucznik Dietrich, i nawigator obaj potwierdzili, że usłyszeli rozkaz. Pierwszy zameldował się nawigator.

— Główny radar przeszukujący w pełnej gotowości. Nastawiony na maksymalny zasięg, maksymalny zakres.

King potwierdził przyjęcie meldunku.

Porucznik Dietrich dokonał ostatniej drobnej poprawki na swoim przyrządzie, a potem zadowolony powiedział:

— Oba wykrywacze elektroniczne nastawione od progu A do H.

Na dużym elektronicznym detektorze mały obrotowy wskaźnik przemieszczał się szybko wzdłuż szeregu wmontowanych trzpieni, z których każdy odpowiadał innej wybranej częstotliwości, po czym śmigał z powrotem, żeby od nowa podjąć wędrówkę wzdłuż szeregu.

Ale Dietrich nie zakończył jeszcze kontroli skomplikowanej aparatury. Spojrzał na inne ze swoich urządzeń i powiedział:

— Zakłócacz główny podłączony do wykrywacza elektronicznego. Zakłócacz przeciw myśliwcom w stanie gotowości. Radar wykrywania celów sprawny. Radar oświetlania celów sprawny.

— Przyjąłem.

— Wszystkie cztery funkcje komputera pocisków i torów lotu sprawne.

— Przyjąłem.

Kiedy King odezwał się do Lotharda Zogga, który jako następny miał skontrolować swój sprzęt, w jego głosie znać było zadowolenie. Jak dotąd wszystkie urządzenia działały dobrze i w głębi ducha był przekonany, że żadne nie zawiedzie. Z czułością spojrzał na tryptyk swoich antenatów, zadając pytanie:

— I jak tam, Lothar?

Lothar Zogg odpowiedział szybko, zdejmując diapozytyw z lampy radaroskopowej.

— Dostrojenie radaru podejścia do celu prawidłowe. Wszystkie diapozytywy z podejścia do celu sprawdzone.

— Podejścia do celu sprawdzone — potwierdził King.

— Instalacja drzwi bombowych sprawna — ciągnął Lothar — obwód wyrzutnika bomb sprawny, system odpalania bomb sprawny.

King usiadł wygodniej w fotelu. Wszystko działało. Nic ich już nie mogło zatrzymać.

— King, kiedy mam uzbroić bombę na cel główny? — zapytał Lothar Zogg.

— Natychmiast, jak tylko sprawdzę to podejście.

Po Kingu odezwał się Sweets.

— Za trzydzieści sekund zegar wsteczny wskaże osiemdziesiąt trzy minuty. Osiemdziesiąt trzy.

— Zrozumiałem.

King sięgnął ręką i nastawił zegar wsteczny na 83.

*** *Baza Lotnicza w Burpelson*

Pułkownik Mandrake przeszedł przez gabinet generała Rippera i stanął przed jego biurkiem.

Generał Ripper przypalił cygaro, a potem odezwał się w zamyśleniu:

— Pułkowniku, sądzi pan, że ten pomysł z wymianą oficerów lotnictwa amerykańskiego i RAF-u jest dobry? To znaczy, czy podoba się panu u nas?

— No, oczywiście, panie generale — odparł Mandrake. — Naturalnie.

— A czy wobec tego zechce pan sobie łaskawie uświadomić, że nie ma pan żadnych podstaw, żeby kwestionować rozkazy pańskiego dowódcy?

Przy tych słowach Ripper wstał raptem z fotela, rzekł: „Przepraszam na chwilę, pułkowniku", przeszedł przez gabinet, którego podłoga uginała się pod ciężarem jego potężnej figury, i zniknął w sąsiadującej z gabinetem łazience.

Mandrake podskoczył nagle na brzęk dzwonka czerwonego telefonu. Podniósł słuchawkę i powiedział:

— Tu Burpelson. — Wysłuchał wiadomości przekazanej mu przez rozmówcę i odparł: — Nie, nie wiedziałem o tym! To znaczy, że nikt nam nie zagraża? Zrobił to bez rozkazów? Nie, nic więcej nie wiem. Jest w tej chwili w łazience... skontaktuję się z nim, jak tylko z niej wyjdzie... Do diaska, nie wypada mi niepokoić przełożonego, kiedy przebywa w toalecie, nieprawdaż?... No, bo co napisze o kimś takim w swojej rocznej opinii?!

Wysłuchawszy w odpowiedzi gromów, Mandrake skrzywił się i odłożył słuchawkę. Rozmowa ta jeszcze bardziej utwierdziła go w przekonaniu, że Amerykanie to ludzie nieokrzesani i grubiańscy. Ale spostrzeżenie to ani trochę nie pomniejszyło wagi wiadomości, jaką przekazał mu kontroler operacji bojowych amerykańskiego lotnictwa strategicznego.

Generał Ripper powrócił z łazienki.

— Panie generale, z całym szacunkiem, ale mam do spełnienia przykry obowiązek — powiedział wolno Mandrake. — Jestem zmuszony zapytać pana, dlaczego wysłał pan do ataku na Rosję nasze skrzydło bombowców?

— Ponieważ uznałem to za właściwe, pułkowniku — odparł cicho Ripper. — Bo, jak pan myśli, z jakiego innego powodu bym to zrobił?

Mandrake popędliwie ruszył w jego stronę, ale zatrzymał się, kiedy ujrzał, że stojący po drugiej stronie biurka Ripper wydobył automatyczny pistolet kalibru 45 i wymierzył go w niego. Z odległości kilku stóp szeroki wylot lufy tej czterdziestki piątki wyglądał ogromnie niemiło. Mandrake cofnął się więc o krok, a potem jeszcze jeden.

— Pułkowniku, nie radzę panu stąd wychodzić — oświadczył życzliwym tonem Ripper.

Mandrake przełknął ślinę.

Stał w odległości trzech kroków od generała, ale otwór lufy pistoletu w dalszym ciągu wydawał mu się nieprzyjemnie duży.

— Czy mam przez to rozumieć, że grozi pan pistoletem koledze oficerowi, generale? — spytał z urazą.

Ripper położył pistolet na blacie biurka.

— Proszę posłuchać, pułkowniku — rzekł — tylko bez nerwów, niech pan mi naleje żytniówki i wody deszczowej. A sobie co pan chce.

Mandrake podszedł do szafki z alkoholami w drugim końcu gabinetu i zaczął napełniać szklanki.

Ripper przyglądał mu się z aprobatą.

— Tylko spokojnie, pułkowniku — powiedział, kiedy Mandrake zajęty był nalewaniem. — Nic się już nie da zrobić. Tylko ja jeden znam szyfr.

Mandrake odkorkował butelkę generała z wodą deszczową.

— Ile deszczówki, panie generale? — spytał.

— Mniej więcej pół na pół.

Mandrake nalał odpowiednią ilość deszczówki do szklanek, a potem zaniósł je do biurka generała. Jedną podał Ripperowi, który uśmiechnął się życzliwie i wziął alkohol w lewą rękę, prawą trzymając ciągle na kolbie pistoletu spoczywającego na biurku.

— A teraz spełnijmy toast, pułkowniku — rzekł Ripper.

Lata musztry zrobiły swoje. Mandrake wyprężył się na baczność i z szacunkiem czekał, aż Ripper wzniesie toast.

— Za pokój na Ziemi oraz za czystość i treść naszych płynów ustrojowych — powiedział generał wznosząc szklaneczkę.

Stuknęli się i wypili.

Mandrake zrobił to jednym haustem. Niewiarygodny postępek generała całkowicie wytrącił go z równowagi. Stał jak rażony gromem. Jednakże jedno spojrzenie na spokojną, emanującą pewnością siebie twarz Rippera upewniło go, że bez względu na to, jak bardzo nieodpowiedzialny był to czyn, dokonano go i zrobił to ten człowiek. Czy słusznie? Czy tak powinien postąpić?

Pułkownik Mandrake nie znał odpowiedzi. Z jednej strony lubił i podziwiał Rippera, który był mu nie tylko przełożonym, ale i przyjacielem przez cały okres służby w Burpelson. Z drugiej strony jednak jego umysł z przerażeniem odrzucał nieuchronne następstwa czynu generała.

Myśli Mandrake'a, zrazu chaotyczne, powoli nabrały spójności.

— Z całym szacunkiem, panie generale, ale z pewnością zdaje pan sobie sprawę, że to skrzydło bombowców samo nie powstrzyma Rosjan od kontruderzenia. Czerwoni wystrzelą w nas cały swój arsenał, a jak pan i ja dobrze wiemy, jest tego mnóstwo.

Ripper pozwolił sobie na nieznaczny uśmieszek. Lubił Mandrake'a i cieszył się, że ma takiego zastępcę. Niepodobna, żeby Mandrake mógł w pełni docenić doskonałość jego planu bez dodatkowych wyjaśnień. Przygotował się więc, żeby mu ich udzielić, delektując się przy tym w duchu artystycznie pięknym wyważeniem proporcji konceptu, jaki wymyślił.

— Niech pan przez chwilę się zastanowi, pułkowniku. Oberwiemy mocno tylko wówczas, jeżeli nie uderzymy z całej siły i to za jednym zamachem. — Urwał i po chwili dodał: — I tak właśnie zrobimy!

— Nie pojmuję, skąd panu o tym wiadomo, panie generale?

Generał Ripper z zadowoleniem przyjrzał się rozżarzonemu koniuszkowi swojego cygara.

— Pułkowniku Mandrake — odparł — w tej właśnie chwili, kiedy my tutaj siedzimy sobie i miło gawędzimy, może być pan pewien, że w Centrum Dowodzenia w Pentagonie prezydent i szefowie połączonych sztabów podejmują decyzję. Kiedy zdadzą sobie sprawę, że nie można już odwołać tego skrzydła, pozostanie im tylko jedno wyjście. Pójść na całość!

Wagę swoich słów Ripper podkreślał bijąc kantem zaciśniętej w pięść dłoni w biurko. Mandrake wpatrywał się w niego zahipnotyzowanym wzrokiem niczym królik w węża. Zastanawiał się, czy generał ma rację, nawet jeśli w tej chwili trwa potężny atak lotniczy na Rosję. Uznał, że prawdopodobnie tak. Ripper sprawiał wrażenie, jakby doskonale wiedział, jak postąpi prezydent Stanów Zjednoczonych.

— No cóż, chyba ma pan rację, panie generale — powiedział niepewnie.

— Ma pan cholerną rację, że mam rację — odparł z gniewem Ripper. Oczy zwęziły mu się i przyglądał się Mandrake'owi dziwnym wzrokiem. — Jest pan komunistą, pułkowniku?

— Ależ skąd, broń Boże — odparł z oburzeniem Mandrake.

— Jestem oficerem Królewskich Sił Powietrznych.

Ripper skinął głową tak, jakby właśnie to spodziewał się usłyszeć.

— Otóż to. Przecież pan wie, że w RAF-ie roi się od komuchów, co, pułkowniku?

Mandrake był zbyt wstrząśnięty, żeby odpowiedzieć.

— Wie pan, pułkowniku — ciągnął Ripper — w czasie wojny wizytowałem wiele baz RAF-u. I wie pan, jakie napisy widziałem na ścianach w większości z nich?

Oniemiały Mandrake pokręcił przecząco głową.

— „Joe for king,"* pułkowniku, „Ziutek królem", oto co widziałem. I widziałem nie jeden raz. A niech pan pamięta, że ten Ziutek to Józef Stalin. Wy zaś w RAF-ie chcieliście go na króla. Jeżeli wszyscy nie jesteście komunistami, to jak mi pan to wyjaśni?

— Zapewniam pana — odparł słabym głosem Mandrake — że to tylko zwyczajny żart. Wie pan, żołnierze RAF-u mieli czasem dziwne poczucie humoru.

Nastrój Rippera nagle się odmienił. Uśmiechnął się do Mandrake'a i powiedział wzruszonym tonem:

— Wie pan co, pułkowniku, to rozumiem. Niektórzy twierdzą, że ja sam mam dziwne poczucie humoru.

---

* Żart Autora; pierwsze litery hasła „Joe for king" to także inicjały Johna Fitzgeralda Kennedy'ego (JFK), uchodzącego wśród ultraprawicowców amerykańskich za kryptokomunistę (przyp. tłum.).

*** Centrum Dowodzenia

Prezydent Muffley dokładnie rozważył informacje, które przekazał mu Turgidson i inni doradcy. Podjął decyzję.

— Połączcie mnie za pośrednictwem „gorącej linii" z premierem Kissoffem.

Kiedy Staines podniósł słuchawkę telefonu i do niej przemówił, prezydent zajął się wydawaniem poleceń swoim asystentom. Polecił nawiązać wszelką dostępną łączność pomiędzy Pentagonem a Kremlem. Składało się na nią tuzin linii telefonicznych, radiostacji i dalekopisów. Szybko i stanowczo wydał dyspozycje, nie przejmując się zastrzeżeniami, że o tak wczesnej porze instalatorzy i konserwatorzy sprzętu w Waszyngtonie mogą nie pełnić dyżurów.

— To wyciągnijcie ich z łóżek — odparł zezłoszczony, a potem odwrócił się do generała Turgidsona, który ponownie wstał z fotela.

Turgidson był pewien swoich racji. Uważał, że prezydentowi trudno będzie odmówić logiki jego argumentom. Zdawał sobie sprawę, że Muffley zapewne nie podzieli jego zdania. Prywatnie uważał, że prezydent zdecydowanie za łagodnie obchodzi się z komunistami, ale że na pewno zgodzi się z jego poglądami na to, co zrobić z tym fantem.

Na początek, jak to miał w zwyczaju, uśmiechnął się i zaczął mówić:

— Punkt pierwszy: nasze nadzieje na odwołanie samolotów bardzo szybko spadły do bardzo niskiego stopnia prawdopodobieństwa. Punkt drugi: za niespełna kwadrans Rosjanie wychwycą naszych swoimi radarami. Punkt trzeci: kiedy to nastąpi, wpadną w szał i wystrzelą w nas wszystko, co mają. Punkt czwarty: jeżeli przed tym nic nie zrobimy, żeby uniemożliwić im odwet, to spotka nas całkowita zagłada. O ile wiem, nasze najnowsze badania nad taką ewentualnością oceniały w przybliżeniu liczbę zabitych w Stanach Zjednoczonych na sto pięćdziesiąt milionów. Punkt piąty: jeżeli jednak podejmiemy na--tych-miast skoordynowany, frontalny i totalny atak pociskami balistycznymi na ich lotniska i wyrzutnie pocisków, to mamy bardzo duże szanse na całkowite zaskoczenie Rosjan. W pociskach balistycznych mamy nad nimi pięciokrotną przewagę, na miły Bóg, i z łatwością możemy przeznaczyć po trzy na jeden cel, a mimo to zachować skuteczną rezerwę na wszelkie inne ewentualności. Punkt szósty: nieoficjalne badania, które wykonaliśmy na taką ewentualność, wykazały, że zniszczylibyśmy dziewięćdziesiąt procent ich potencjału atomowego. Stąd wniosek, że odnieślibyśmy zwycięstwo, przy niewielkich i możliwych do przyjęcia stratach własnych w ludności cywilnej, jakie zadałyby nam pozostałe siły wroga, mocno rozbite i niezdolne do skoordynowanego, odpowiednio rozłożonego uderzenia odwetowego.

Generał Turgidson nie usiadł i pewny swoich racji uśmiechnął się do prezydenta. Orzekł, że siła jego argumentów z pewnością przekona Muffleya do jedynej możliwej do przyjęcia taktyki.

Prezydent podniósł wzrok na generała.

— Generale Turgidson — rzekł chłodno — w polityce naszego państwa kierujemy się naczelną zasadą, że nigdy pierwsi nie zaatakujemy nikogo bronią atomową.

— Owszem — odparł Turgidson — ale chyba zgodzi się pan, że generał Ripper właśnie tę politykę przekreślił.

— Działanie to było niezgodne z polityką naszego państwa — oświadczył gniewnie prezydent Muffley. — Zrobiono to bez mojego pozwolenia, a ponadto mamy nadal do dyspozycji inne możliwości. Powiada pan, że pomiędzy zadaniem przez nas pierwszego ciosu Rosjanom a uprzedzeniem ich pierwszego ciosu, który pańskim zdaniem na pewno nastąpi, zachodzi jakaś różnica. Ale gdybyśmy nawet uderzyli pierwsi, to i tak nasze straty w ludności cywilnej byłyby potworne.

— No nie, panie prezydencie, ja przecież nie twierdzę, że

nie spadłby nam włos z głowy — odparł Turgidson — twierdzę tylko, że — zależnie od okoliczności — zginęłoby najwyżej dziesięć do dwudziestu milionów ludzi.

— Generale, pan mówi o masowym mordzie, a nie o wojnie.

— Panie prezydencie, nadchodzi przełomowa chwila, przełomowa dla nas jako jednostek i dla istnienia naszego narodu. Prawda nie zawsze jest przyjemna, ale należy w tej chwili dokonać wyboru. Wybrać, w jakich — niewątpliwie pożałowania godnych, jednak wyraźnie się różniących — warunkach chcemy żyć po wojnie: czy stracić dwadzieścia milionów ludzi, czy też sto pięćdziesiąt milionów.

— Nie mam zamiaru przejść do historii jako największy ludobójca od czasów Adolfa Hitlera — oświadczył prezydent Muffley.

Z twarzy generała Turgidsona zniknął uśmiech.

— Być może byłoby lepiej — odparł prędko — gdyby zamiast martwić się o swój wizerunek w dziełach historycznych, zatroszczył się pan raczej o los Amerykanów, panie prezydencie.

Ostatniej uwagi Turgidsona było już prezydentowi za wiele. Jeszcze mocniej rozbolała go głowa, a konieczność przebywania w towarzystwie ludzi pokroju generała bynajmniej nie poprawiała mu samopoczucia. Trzasnął pięścią w stół i powiedział:

— Sądzę, że usłyszeliśmy już od pana dość na ten temat, generale.

Spiorunował adwersarza wzrokiem, ten zaś wolno usiadł w fotelu, a potem ostentacyjnie wziął słuchawkę telefonu i zaczął do niej coś prędko mówić.

Prezydent przyglądał mu się przez chwilę, a potem obrócił się w bok do Stainesa.

— Niech pan sprawdzi, co jest z tą rozmową z premierem — polecił.

Staines, ze wzrokiem wlepionym w Wielką Tablicę, przeszedł przez salę do strzeżonych drzwi. Otworzył je i wyszedł z Centrum Dowodzenia.

Prezydent Muffley z powrotem przeniósł wzrok na nadal mówiącego szybko do słuchawki Turgidsona, a po chwili zwrócił się do admirała Randolpha.

— Admirale — rzekł — chciałbym jeszcze zasięgnąć pańskiej opinii. Czy podziela pan zdanie generała?

Admirała Randolpha, schludnego i pedantycznego wojskowego, w nieskazitelnie skrojonym marynarskim mundurze ze złotymi galonami, wyraźnie zakłopotało pytanie prezydenta. Pełen wątpliwości pokręcił głową i odparł:

— Nie wiem... po prostu nie wiem.

Do sali powrócił Staines i w milczeniu usiadł na fotelu obok prezydenta. Ten spojrzał na niego pytająco.

— Próbują się z nim skontaktować, ale na razie brak pomyślnych wieści — poinformował Staines.

Prezydent przyjął tę informację skinieniem głowy, a potem zwrócił się do reprezentującego Centralną Agencję Wywiadowczą Billa Stovera.

— A co pan o tym sądzi, Bill? — spytał.

Stover odpowiedział mu bezzwłocznie.

— Trudno powiedzieć, to rzecz pewna, ale muszę się chyba przychylić do pańskiego zdania, panie prezydencie.

Z kolei prezydent przeniósł wzrok na szefa sztabu armii, generała Faceman.

— Rozumiem argumenty generała Turgidsona — rzekł wolno Faceman — ale to trudna kwestia. — Zamilkł i przejechał dużą dłonią po twarzy, której nie miał czasu ogolić przed przybyciem do Centrum Dowodzenia. — W tej sprawie poddaję się, panie prezydencie.

Staines podniósł słuchawkę jednego ze swoich telefonów w odpowiedzi na cichy, lecz charakterystyczny ton jego dzwonka. Przez pół minuty słuchał podnieconego głosu rozmówcy, a potem przykrył mikrofon słuchawki dłonią.

— Panie prezydencie, na dole czeka ambasador radziecki — oznajmił.

— To dobrze, dobrze. Robi jakieś trudności?

— Podobno piekli się z powodu tego oddziału żandarmerii wojskowej — odparł Staines.

Prezydent Muffley machnięciem ręki dał do zrozumienia, że uważa tę sprawę za nieważną.

— Nic na to nie poradzimy — rzekł. — Dawać go tutaj.

Staines przekazał rozkaz do słuchawki.

Generał Turgidson znów zerwał się na równe nogi z fotela.

— Panie prezydencie, czy pan mówi o radzieckim ambasadorze? — spytał. — Naprawdę chce pan go wpuścić do Centrum Dowodzenia?

Prezydent skinął głową.

— Tak jest, generale. Zjawił się tu z mojego polecenia.

— No cóż, panie prezydencie — rzekł grobowym głosem Turgidson — nie wiem, jak to wyrazić, ale czy zdaje pan sobie sprawę, jak poważnie narusza pan zasady bezpieczeństwa. Przecież on zobaczy to wszystko! — Dramatycznym gestem wskazał centralny ekran, na którym trasy lecących samolotów znacznie się wydłużyły. — Zobaczy Wielką Tablicę!

Prezydent Muffley patrzył na Turgidsona bez sympatii, ale głos miał spokojny.

— I o to właśnie chodzi, generale — powiedział. — O to właśnie chodzi.

Strangelove zadumał się nad tym, co właśnie usłyszał. Naturalnie, dobrze znał żargon strategów nuklearnych. Zaiste, sam go również tworzył. Postanowił, że w tej chwili jeszcze nic nie powie. Później będzie miał okazję zabrać głos, a teraz jego przenikliwy umysł pochłonięty był całkowicie obserwowaniem zmian zachodzących na ekranach, które rejestrowały zarówno posuwanie się bombowców, jak i rosnące zagrożenie ze strony radzieckiego lotnictwa i okrętów podwodnych.

*** Kolonia Trędowatych

W *Kolonii Trędowatych* lecącej w stronę terytorium nieprzyjaciela załoga doszła do takiego etapu przygotowań, w którym najważniejszym zadaniem stało się uzbrojenie dwóch bomb. Bombardier, porucznik Lothar Zogg, otrzymał od Kinga rozkaz i nacisnął jeden z głównych przełączników. Spostrzegł mrugnięcie światełka i zameldował:

— Systemy uzbrojenia bomb sprawne.

King z zadowoleniem skinął głową. Przypominał boksera niecierpliwie czekającego na walkę, w której pewien jest wygranej i który doszedł do momentu, kiedy sekundanci zaczęli bandażować mu dłonie. Był to niezbędny wstęp do samej już walki. Robili to wielokrotnie podczas lotów ćwiczebnych oraz w symulatorach treningowych na ziemi, w Burpelson. Teraz działo się to naprawdę. To było rzeczywiście to!

— Dobra, Dietrich, tam z tyłu wszystko w porządku? — spytał uszczęśliwiony.

— W porządku, King — potwierdził Dietrich spokojnym, pewnym siebie głosem.

W rzeczywistości uzbrojenie bomb, przemieniające je z bezwładnej masy metalu w najskuteczniejszą śmiercionośną broń, wymagało samodzielnych działań trzech członków załogi. Pierwszym, jako pilot i dowódca bombowca, był oczywiście King. Drugim — Lothar Zogg, bombardier. A tym trzecim — porucznik Dietrich. Samolot miał wbudowane jeszcze jedno urządzenie zabezpieczające, będące przykładem rozważnego planowania, które gwarantowało, że żaden pojedynczy człowiek wskutek nie przemyślanej decyzji nie wywoła na własną rękę wojny.

— Przełącznik uzbrojenia pierwszej bomby — polecił zwięźle King.

Dietrich powtórzył rozkaz i jednocześnie z Kingiem nacisnął przełącznik w urządzeniu uzbrajającym bombę, które obaj mieli w zasięgu ręki. Przełącznik ten, zabezpieczony wyłącznikiem samoczynnym, był oznaczony jedynką.

Na tablicy sterowniczej bombardiera zapaliły się dwa zielone światełka. Lothar Zogg nacisnął swój przełącznik. Spojrzał w bok i uśmiechnął się do Sweetsa Kivela, który z zaciekawieniem i znawstwem przyglądał się tym czynnościom.

— Obwód pierwszej bomby włączony — zameldował Zogg.

— W porządku — potwierdził King — włączyć przycisk spustowy pierwszej.

Dietrich tak jak poprzednio powtórzył rozkaz i razem z Kingiem włączyli przyciski. Na tablicy kontrolnej Zogga zapaliły się jeszcze dwa zielone światła. Zogg nacisnął swój przycisk spustowy i pojawiło się trzecie światełko.

— Przycisk spustowy pierwszej włączony. Zapalone trzy zielone.

Rola porucznika Dietricha w uzbrojeniu bomb dobiegła końca. Z roztargnieniem manipulował gałkami dostrajającymi radar, przysłuchując się, jak King i Zogg wykonują pozostałe czynności.

— Zwolnij pierwszy bezpiecznik pierwszej — powiedział Zogg.

Obaj uruchomili przyciski. Na tablicy z baterią urządzeń zabezpieczających zapaliły się kolejne dwa światła. Te same czynności powtórzyli przy drugim bezpieczniku. W baterii urządzeń zabezpieczających zapłonęła druga para światełek. Nie zapalone pozostały jeszcze dwa.

Teraz należało uzbroić bomby tak, żeby wybuchły na żądanych wysokościach. Ponieważ przeznaczone były na dwa cele, przyjęty tryb postępowania nakazywał uzbroić najpierw pierwszą bombę, ale ponieważ w tym wypadku drugi cel znajdował się blisko pierwszego, King polecił uzbroić obie bomby naraz.

— Zapalnik nastawiony na uderzenie, z opóźnieniem ustalonym na odprawie — zameldował Lothar Zogg. Sięgnął ręką do gałki regulatora i nastawił wysokość wybuchu. Wskaźnik powędrował wolno przez tarczę do cyfry 10, a wówczas Zogg nacisnął trzy guziki kontrolne regulujące trzy zapalniki bomb: elektroniczny, barometryczny i czasowy. Był to jeszcze jeden środek ostrożności, choć nieco innej natury. Było niepodobieństwem, żeby zawiodły jednocześnie dwa urządzenia zapalnikowe, a prawie niemożliwe, żeby zawiodły trzy.

Trzy światła obwieściły Zoggowi, że wszystkie układy zapalnikowe działają. Odgarnął do tyłu włosy i powiedział:

— Włącz główny bezpiecznik.

King pochylił się i nacisnął ostatni nie włączony przycisk na tablicy przyrządów, oznaczony wyraźnym napisem „BEZPIECZNIK GŁÓWNY". Na tablicy urządzeń zabezpieczających zapaliły się dwa pozostałe światła i Zogg szybko przesunął wzrokiem po już zapalonych.

— Wszystkie bomby czynne i uzbrojone. Wszystkie układy sprawne — zameldował.

— Kontrola uzbrojenia — obwieścił King.

Lothar mechanicznie powtórzył czynności kontrolne, sprawdzając na swojej aparaturze przyciski i światła.

— Zabezpieczenia główne zapalników bombowych włączone. Elektronicznego, barometrycznego, czasowego i uderzeniowego. Zapalniki nastawione na wybuch naziemny, z trzyminutowym opóźnieniem. Układy jeden do czterech włączone, światła kontrolne palą się. Obwody drzwi bombowych włączone, światła kontrolne palą się. Zapalniki bombowe jeden do czterech sprawne, światła kontrolne palą się. Detonator nastawiony na wysokość zero. Selektor systemów do wybuchu naziemnego trzy. Wyłącznik kompensatora barometryczno-zapalnikowego do wybuchu powietrznego sprawny. Oświetlenie z zasilacza awaryjnego włączone. Obwód automatyczno-ręczny włączony, bezpiecznik pierwszy. Wskaźniki toru nastawione na maksymalny kąt odchylenia. Przycisk spustowy sterowania ręcznego na cel pierwszy włączony. Bezpiecznik drugi — bomby czynne. Kontrola uzbrojenia bomb zakończona.

— Co powiedziałeś, Lothar? — spytał rozkojarzony King, bo kiedy Zogg mówił, on zajęty był studiowaniem portretów przodków. Czynności kontrolne stanowiły formalność. Przerabiali je wielokrotnie, a wiedział, że Dietrich pilnie przysłuchuje się wszystkiemu.

— Kontrola uzbrojenia bomb zakończona — powtórzył Lothar Zogg.

— To świetnie, Zogg — powiedział King. — Potwierdzam zakończenie kontroli uzbrojenia bomb.

Pod nimi, w przepastnej komorze bombowej samolotu, czekały *Buźka* i *Lolita*. Były uzbrojone i gotowe do zrzutu.

King już postanowił, że je na pewno zrzuci.

*** *Baza Lotnicza w Burpelson*

Brzask wolno rozlewał swoje blade światło nad rozległą bazą lotniczą.

Wokół ogrodzenia z drutu kolczastego zajmowały stanowiska oddziały obrony wyposażone w pistolety maszynowe, karabiny, ciężką broń maszynową i pancerzownice. Trzymały pod obstrzałem wszystkie drogi prowadzące do bazy. Zaopatrzone były w odpowiednie zapasy amunicji oraz racji żywnościowych. Z oddali dochodziły pierwsze odgłosy głuchego dudnienia wozów ciężarowych. Nie wszystkie oddziały usłyszały ten hałas, część z nich bowiem znajdowała się po drugiej stronie bazy, pięć mil dalej. Wiele jednak oddziałów usłyszało to głuche dudnienie i żołnierze wzmogli czujność, odbezpieczone karabiny maszynowe skierowując w stronę, skąd dobiegało.

Drużyna dowodzona przez sierżanta Mellowsa, który pilnie lornetkował drogę, raptem odkryła w wątłym świetle, że w stronę ich pozycji obrony nadjeżdża gazik i trzy transportery z żołnierzami. Nadjechały powoli i ostrożnie.

— A skąd wiemy, że to dywersanci? — spytał szeregowy Anderson, patrząc przez celownik swojego karabinu maszynowego.

Sierżant oparł na chwilę lornetkę na piersi.

— A skąd wiemy, że nie? — spytał chłodno.

— Właśnie — poparł go kapral Engelbach, obsługujący pancerzownicę. — Słyszałeś przecież, Anderson, co powiedział generał. Dwieście jardów, na tyle wolno nam ich dopuścić. A są coraz bliżej.

Sierżant Mellows, który przesuwał lornetkę, chcąc się przyjrzeć całemu polu ostrzału, zawołał:

— Ej, patrzcie! Drogą od północy jedzie jeszcze osiem transporterów!

Engelbach obrócił się w stronę Andersona.

— To na pewno są dywersanci— oświadczył. — No, bo kto by inny przyjeżdżał o czwartej rano?

— Ano, pewnie tak — przyznał Anderson i wziął na celownik jadącego przodem jeepa.

Sierżant Mellows ze spokojem obserwował nadjeżdżający pojazd. Na szczęście zdążyli ustawić wskaźnik odległości — wysoki słupek z boku drogi dojazdowej. Cztery samochody zbliżały się wolno w jego stronę.

— Jeszcze chwila — powiedział.

Chociaż napastnicy nadjeżdżali powoli, biła z nich jednak jakaś nieprzejednana siła. Mellows zastanawiał się, ilu żołnierzy znajduje się w tych czterech pojazdach, w które celowali, oraz w tych ośmiu na drodze od północy. Przyglądał się, jak jeep na przedzie dojeżdża do znacznika celu i mija go.

— Dobra, poczęstujemy ich — powiedział cicho, tak jak go uczono w szkole podoficerskiej.

Anderson miał nadjeżdżającego jeepa dokładnie na celowniku. Nacisnął spust karabinu maszynowego, przytrzymał go pięć sekund, a potem wystrzelił dwa razy. Konwój natychmiast zatrzymał się i z jeepa wyprysnęli żołnierze, rozpaczliwie szukając osłony przed śmiercionośnym strumieniem kul.

Kapral Engelbach wystrzelił z pancerzownicy i mruknął zadowolony, bo za pierwszym strzałem trafił w środek celu. Opuszczony jeep eksplodował gwałtownie, a jego porozrywane, potrzaskane szczątki stanęły w żywiołowym ogniu.

W świetle płonącego jeepa widać było żołnierzy, którzy w pośpiechu wyskakiwali z trzech transporterów, jadących za gazikiem i kryli się błyskawicznie na polach po obu stronach drogi. Byli to żołnierze oddziałów szturmowych, świetnie przygotowani do walki — wielu z nich miało za sobą doświadczenie bojowe — weterani z Okinawy, Korei i innych miejsc w Azji, gdzie zdarzało się, że zimna wojna stawała się gorętsza od gorącej. Znalezienie się pod ostrzałem nie było dla nich pierwszyzną i wkrótce zaczęli zasypywać stanowiska obrońców ogniem, waląc ołowianymi biczami kul po wierzchołkach okopów.

Wokół całego ogrodzenia bazy rozgorzały zaciekłe wymiany ognia. Gdzieniegdzie wybuchały sporadycznie albo zamierały, kiedy przeciwne strony ostrożnie próbowały wykryć nawzajem swoje pozycje. A potem rozpalały się od nowa i noc zamieniała się w chaotyczną, paskudną kanonadę strzałów karabinowych, głośne dudnienie broni maszynowej i potężny głuchy łoskot pancerownic i pocisków moździerzowych.

Dowódca oddziałów szturmowych przemówił do przenośnego radiotelefonu. Wydał rozkaz. Strzelanina stopniowo ustała i w ciszy, która zaległa, znów można było usłyszeć brzęczenie nocnych owadów.

Żołnierze po obu stronach z niepokojem badali wzrokiem szarówkę, szukając celów do trafienia. Ale trudno je było dojrzeć.

Brzęczenie owadów zagłuszył chwilowo metaliczny trzask megafonu. Zza jednego z transporterów zatrzymanych przez drużynę sierżanta Mellowsa dowódca oddziałów szturmowych przemówił za pośrednictwem aparatury nagłaśniającej.

— Żołnierze — powiedział głośno i wyraźnie — mówi pułkownik Guano, dowódca dywizji desantowej Armii Stanów Zjednoczonych. Dlaczego do nas strzelacie?

W bazie panowała cisza. Guano zaczekał pół minuty, a potem włączył głośnik i powtórzył pytanie.

Leżący na stanowisku obronnym szeregowiec Anderson odwrócił się, żeby spojrzeć na sierżanta Mellowsa.

— Ej, on mówi jak prawdziwy Amerykanin — powiedział.

— Nie odpowiemy mu?

Mellows popatrzył na Andersona z pogardą.

— Ty masz nie wystawiać łba w górę i walić, jak tylko któryś z nich wystawi swój! — odparł.

Guano spróbował jeszcze raz.

— Mówi pułkownik Guano. Powtarzam: pułkownik Guano. Przybywamy tu z polecenia prezydenta. Chcemy wejść do bazy i porozmawiać z generałem Ripperem.

Ponownie odpowiedziała mu cisza.

— Specjalnie z polecenia prezydenta? Coś takiego — rzekł w zamyśleniu kapral Engelman.

Sierżant Mellows w dalszym ciągu z największą uwagą lornetkował teren.

— Wiem jedno — powiedział. — Że tym Czerwonym należy się najwyższe uznanie za to, że tak wspaniale wszystko zorganizowali i zaplanowali.

Dwieście jardów od nich nacierający oddział w sile dwunastu żołnierzy, rozsypanych w odstępach co trzydzieści jardów, podniósł się z trawy i powoli zaczął posuwać się naprzód.

— No i za wielką odwagę! — dodał cicho Anderson. Starannie wycelował i zaczął strzelać do tyraliery. Szybko przeciągnął po niej serią z karabinu maszynowego i od razu skosił trzech żołnierzy. Pozostali natychmiast zanurkowali, kryjąc się w wysokiej trawie, i stracił ich z oczu.

Zza osłony transportera pułkownik Guano przyglądał się nacierającej drużynie. Otrzymał rozkaz, żeby nie otwierać ognia aż do chwili, kiedy odmówią mu wstępu do bazy, ale na właściwą odprawę oddziałów zabrakło mu czasu, tak więc był zdania, że jego żołnierze jak najsłuszniej odpowiedzieli ogniem na grad strzałów, którymi zasypali ich broniący się w bazie. Teraz wszakże strzelanina ustała i Guano uznał, że musi podjąć jeszcze jedną próbę uzyskania wstępu do bazy bez dalszych strat w ludziach.

— Mówi pułkownik Guano — powtórzył przez głośnik. — Żołnierze, strzelacie do swoich braci. Jeżeli w ciągu minuty nie poddacie się, mam rozkaz odpowiedzieć wam ogniem z całej broni, jaką dysponuję, i siłą zdobyć bazę.

Wyłączył głośnik i czekał na odpowiedź.

— No to sobie postrzelamy, towarzyszu — mruknął porozumiewawczo do Engelbacha sierżant Mellows, wymierzył karabin w ciężarówkę i szybko wystrzelił pięć razy.

Anderson również ostrzelał ją z karabinu maszynowego.

Kule przeleciały ze świstem blisko pułkownika Guana i towarzyszących mu dowódców kompanii.

— Oni tam wszyscy poszaleli! — oświadczył Guano zwracając się w ich stronę. — Co się tam, do cholery, dzieje?! Po chwili zastanowienia podjął decyzję.

— Dobrze, Johnson. Weź kompanię „C" na tamto skrzydło. Ręką wskazał kierunek. Johnson odszedł.

Guano obrócił się do dwóch innych dowódców kompanii, Rothmana i Coopera, i szybko wydał im rozkazy. Obaj również odeszli.

Manewr rozwinięcia szyku przez oddziały Guana szybko dostrzeżono z bazy i ponownie ze stanowisk obrony otworzono ogień. Ale żołnierze pułkownika byli świetnie wyszkoleni do takich akcji, więc chociaż ponosili straty, to w dalszym ciągu parli naprzód.

*** Kolonia Trędowatych

Zbliżający się do wybrzeży nieprzyjaciela bombowiec obniżył lot do wysokości dwudziestu tysięcy stóp.

Porucznik Sweets Kivel pochylał się nad ekranem radaru przeszukującego, który nastawił na krótki zasięg, żeby wyraźnie widzieć punkt, nad którym przelecą. Było to ważne ze względu na dokładne namierzenie kursu, a ponadto chodziło o to, by uniknąć czekającej w pogotowiu obrony przeciwlotniczej. Porównał obraz na ekranie radaru ze swoją mapą i powiedział:

— Za około sześć minut powinniśmy przeciąć linię brzegową. Trzymamy kurs. Wszystko w normie.

— Dziękuję, Sweets — odparł King. Spojrzał przed siebie w kierunku nieprzyjacielskiego brzegu, ale jeszcze nie było go widać.

Porucznik Dietrich również pochylał się nad ekranem radaru. Jednakże nie był to radiolokator nawigacyjny, ale radar przeszukujący, przeznaczony do wykrywania wrogich pocisków i myśliwców.

Wtem Dietrich dojrzał na ekranie świetlny sygnał. Przyjrzał mu się uważnie i powiedział:

— Pocisk! Odległość sześćdziesiąt mil, szybko się zbliża, torem lotu strzały... wygląda na kierowany wiązką radiową.

King zareagował na to ze spokojem doświadczonego pilota.

— Dobra, melduj dalej! — rzekł i obrócił się w stronę Asa Owensa. — Wyłącz autopilota, As — polecił.

As wyciągnął rękę i nacisnął dwa wyłączniki.

— Autopilot wyłączony — zameldował.

— Włącz EŚZ głównego radaru przeszukującego — rozkazał energicznie King.

Dietrich zareagował natychmiast. Przesunął włącznik elektronicznych środków zakłócania i dokonał niezbędnych poprawek w dostrojeniu.

— EŚZ głównego radaru przeszukującego włączone — zameldował.

Znajdująca się przed nim duża elektroniczna tablica sterowania środkami antyradiolokacyjnymi działała idealnie. Poklepał ją z aprobatą. Dobra nasza, pomyślał, gotowe. Wyregulował ponownie radiolokator i starannie wymierzył znacznikiem markującym odległość nieprzyjacielskiego pocisku.

— Jak myślisz, skąd go wystrzelili? — rzucił pytanie As Owens.

King spojrzał na wysokościomierz i zmarszczył brwi. Lecieli wciąż za wysoko. Rozważał, w jaki sposób uniknąć trafienia przez pocisk. Na tej wysokości szanse na to były niewielkie, a nie mogli prędzej zejść na bezpieczny pułap.

— Wykryłeś jakieś myśliwce, Dietrich? — spytał.

Dietrich pokręcił przecząco głową.

— Tylko ten pocisk — odparł.

King jeszcze raz rozważył sytuację. Porównał ją ze wszystkimi danymi, jakie poznał z raportów wywiadu.

— Na pewno wystrzelili go z wyspy Brombingna, prawdopodobnie z tego Wampira-202, tego o stumilowym zasięgu.

— Czterdzieści pięć mil — wtrącił Dietrich. — Pędzi na nas. Nadlatuje z kierunku dwunastej.

— Z jaką prędkością?

— Pomiędzy trzema a czterema machami.

— Melduj mi co pięć mil.

— Trzydzieści pięć, nadal leci!

King podjął decyzję.

— Przygotować Przepiórkę do wypuszczenia — polecił.

Bombardier Lothar Zogg włączył prędko kilka przycisków i sprawdził, czy układy działają.

— Przepiórka gotowa do wystrzelenia — zameldował.

— Otworzyć drzwi bombowe.

— Drzwi bombowe otwarte — odpowiedział natychmiast Lothar Zogg.

King potwierdził, że zrozumiał. Postanowił, że zaczeka z wypuszczeniem Przepiórki do chwili, kiedy pocisk znajdzie się w odległości od trzydziestu do dwudziestu pięciu mil od nich. Do podjęcia decyzji o wystrzeleniu pozostały już tylko sekundy.

Wieźli ze sobą tylko jedną makietę-przynętę, zwaną Przepiórką, której zadaniem było odciągnąć od ich samolotu i skierować gdzie indziej nieprzyjacielski radar i pociski. Była to więc ogromnie ważna decyzja.

— Trzydzieści! — zawołał Dietrich. — Pędzi prosto z kierunku dwunastej!

King podjął decyzję.

— Wypuścić Przepiórkę — polecił ze spokojem.

Makieta-przynęta wypadła z komory bombowej. Przeleciała kilka stóp, a potem — z chwilą pojawienia się płomienia w dyszy jej odrzutowego silnika — ożyła.

King potwierdził, że przyjął meldunek Lothara Zogga o wypuszczeniu makiety.

— Zmiana kursu dziewięćdziesiąt stopni — powiedział spokojnie. — Zamknąć drzwi bombowe.

— Drzwi bombowe zamknięte — zameldował Zogg.

— Dwadzieścia mil, kurs wprost na nas — zameldował wysokim, podniesionym głosem Dietrich.

King przechylił wielki bombowiec i z uwagą obserwował żyroskopy, gdy zmieniali kurs.

Kiedy samolot zakręcił, Przepiórka pod nim zrobiła to samo, powtarzając za nim zmianę kursu. Leciała około stu jardów poniżej B-52.

Lothar Zogg spojrzał na ekran radiolokatora.

— Coś nie gra — rzekł pośpiesznie. — Przepiórka skręca razem z nami.

King natychmiast wyszedł z zakrętu i przechylił samolot w drugą stronę.

— Zmiana kursu dziewięćdziesiąt stopni — oznajmił.

Dietrich zameldował, że pocisk znajduje się piętnaście mil od nich i leci z kierunku dwunastej.

Lothar Zogg zauważył na swoim radarze, że Przepiórka znów skręciła wraz z bombowcem.

— Dalej leci za nami — powiedział.

W chwili kiedy skończył mówić, Dietrich zameldował, że pocisk jest w odległości dziesięciu mil i ciągle leci prosto na nich.

King jeszcze raz musiał podjąć decyzję. Elektroniczny mózg zainstalowany w *Kolonii Trędowatych* był owocem wieloletnich, żmudnych badań prowadzonych przez najlepszych fachowców. Lecz widocznie nie był na tyle skuteczny, żeby skierować pocisk wroga w inną stronę. Dysponowali wprawdzie jeszcze potężniejszymi środkami, ale groziło to zniszczeniem całej aparatury. Musieli jednak podjąć takie ryzyko.

— Dobra, przesteruj zakłócanie — polecił King.

Dietrich wyregulował aparaturę. Nastawił ją na maksimum i wskaźniki mocy natychmiast poszybowały za czerwoną linię.

— Moc maksymalna — zameldował. — Pocisk osiem mil od nas.

— Przepiórka nadal trzyma się nas — obwieścił Lothar Zogg, wpatrując się uporczywie w radiolokator. — Wygląda na to, że poleci tam, gdzie my.

Na twarzy Kinga pojawiły się krople potu, ale ciągle był bardzo opanowany.

— Trzymajcie się, chłopcy — zapowiedział i żeby umknąć Przepiórce, wykonał samolotem kilka gwałtownych skrętów.

Lothar Zogg cały czas wpatrując się w radiolokator meldował, że makieta leci za nimi.

— Siedem mil — zawiadomił Dietrich.

King gwałtownie pchnął sterownicę w przód.

— Sześć — powiedział Dietrich.

— Ciągle się nas trzyma — poinformował Lothar Zogg.

— Pięć mil.

King cofnął sterownicę. Pomyślał, że czas poderwać samolot w górę, dzięki czemu, być może, pozbędą się pocisku.

— Cztery mile — oznajmił Dietrich.

Kiedy bombowiec przestał się obniżać i zaczął się wznosić, King obserwował przyrządy. Polecił zwiększyć do maksimum obroty silników, na co kapitan As Owens przesunął przepustnice, żeby dodać gazu.

— Trzyma się nas — oznajmił Lothar Zogg.

— Dwie mile, leci prosto na nas — zameldował Dietrich.

King zmarszczył brwi. Źle się działo. EŚZ powinny już były uwolnić ich od pocisku. Odwiódł mocniej sterownicę, żeby jeszcze bardziej zaostrzyć kąt wznoszenia.

Lecąca za bombowcem niesprawna atrapa-Przepiórka trzymała się go wiernie niczym ulubiony szczeniak. Coś się zepsuło w układzie sterowniczym i makieta była przykuta do bombowca, który ją wypuścił.

— Zbliża się na minimalną odległość! — zawołał Dietrich.

Radziecki pocisk wciąż wznosił się, zbliżając się do *Kolonii Trędowatych*. Kierująca nim wiązka radarowa była w takiej odległości od źródła zbyt rozproszona, żeby odróżnić bombowiec od makiety. Jego system naprowadzający natknął się na Przepiórkę i właśnie ją zaatakował.

Sto jardów pod kadłubem *Kolonii Trędowatych* nastąpił wielki wybuch, kiedy pocisk i makieta wpadły na siebie.

Samolotem targnęło gwałtownie, gdy dosięgła go fala podmuchowa po eksplozji. King z wysiłkiem zapanował nad jego lotem. Widoczność przesłaniał mu gęsty dym, który wypełnił wnętrze ciśnieniowej kabiny samolotu.

— Wszyscy przejść na awaryjny tlen — polecił. — Chyba oberwaliśmy. Sprowadzam maszynę na ziemię.

Pchnął sterownicę w przód i *Kolonia Trędowatych* ponownie zaczęła schodzić w dół ku nieprzyjacielskiemu brzegowi. King orzekł, że przyrządy pracują normalnie. Sprawdził je, a potem zażądał od załogi meldunku o szkodach. Otrzymał je od wszystkich z wyjątkiem jednego jej członka, powtórzył polecenie, potem zaś wychylił się z fotela i dźgnął Asa Owensa łokciem w żebro.

As nieznacznie obrócił głowę, spojrzał na Kinga i otworzył usta, żeby wypowiedzieć jakieś słowo. Ale nie wypowiedział go. Nagle, zamknąwszy oczy, przechylił się bezwładnie w fotelu.

*** Centrum Dowodzenia

Tory lotu bombowców na głównym ekranie jeszcze bardziej się wydłużyły. Ambasador De Sadeski, który je śledził, odwrócił się od ekranu i z pasją odezwał się do prezydenta.

— Pan jest bardzo szczwany, panie prezydencie! Wysyła pan atomowe samoloty, żeby zniszczyły Rosję! Wzywa mnie pan tutaj i oznajmia, że samoloty wprawdzie lecą, ale jest to wypadek! „To wypadek," powiada pan, „Rosjo, nie oddawaj ciosu!" I ufni ludzie radzieccy mają panu uwierzyć? Siedzieć z założonymi rękami, a tu trach!, wy nas niszczycie? Ha! Użył pan chytrej sztuczki, panie prezydencie, ale zapomina pan o jednym — o tym, że jesteśmy szachistami, a w szachach nie ma miejsca na żadne sztuczki! Żadne sztuczki, panie prezydencie! Wyłącznie pułapki! A w pułapki wpadają tylko szachowe żółtodzioby! My zaś nie jesteśmy szachowymi żółtodziobami.

— Panie ambasadorze, pan umyślnie nie chce mnie zrozumieć.

— Zrozumieć? Zrozumieć? Rozumiem pana aż za dobrze. Któż nie zrozumiałby pańskiej marnej sztuczki? Sztuczki! Kosztem miłujących pokój ludzi radzieckich! Monstrualnej... olbrzymiej... potwornej... jedynej w swoim rodzaju... sztuczki!

— Gniew nic tu nie pomoże, panie ambasadorze.

— To panu nic nie pomoże, panie prezydencie! Pańskie niesłychane kłamstwo nas nie zwiodło! Nie zwiodło mnie i nie zwiedzie premiera! Nie jesteśmy takimi durniami, za jakich nas zapewne uważacie, panie prezydencie.

Prezydent Muffley przez chwilę w milczeniu przyglądał się De Sadeskiemu. Znał go od kilku lat i był świadom, że De Sadeski jest bardzo ceniony wśród elity władzy na Kremlu. Dał umówiony znak jednemu ze swoich asystentów, ten zaś pośpieszył do stołu z trunkami.

— Panie ambasadorze — powiedział — zawsze żywiłem najwyższy szacunek dla pańskiej inteligencji, pańskiej trafnej oceny ludzi oraz opanowania i umiejętności stawiania czoła kryzysom. Kiedy będę rozmawiał z waszym premierem, będziemy musieli uwiarygodnić to, co mu powiem. Pańska obecność w tym miejscu stanowi być może jedyną i najważniejszą nadzieję na zapobieżenie całkowitej, ostatecznej katastrofie, ponieważ będzie pan mógł wszystko to uwierzytelnić. Dlatego właśnie sprowadziłem pana tutaj i odsłaniam przed panem najtajniejsze i najściślej strzeżone zasady naszego działania.

De Sadeski westchnął, ale na razie nic nie odpowiedział. Zastanawiając się nad słowami prezydenta, podniósł wzrok na wielkie ekrany i doszedł do wniosku, że skoro już ma taką możliwość, nie zawadzi pozostać w tej sali. Szanował prezydenta, jeśli nawet nie za jego przekonania, to za inteligencję, i gotów był poświęcić trochę czasu, żeby poznać jego zamiary i zdobyć wszelkie inne informacje, które mogą mu się przydać później.

Nadszedł asystent prezydenta, niosąc na srebrnej tacy butelkę wódki i kilka napełnionych kieliszków. Podsunął tacę De Sadeskiemu.

— Bardzo proszę, panie ambasadorze — powiedział.

De Sadeski odruchowo sięgnął po kieliszek, podniósł go do ust, a potem raptownie odstawił na stół. Spojrzał prezydentowi w twarz.

— Nic do tego nie dosypaliście? — spytał wolno, podejrzliwym tonem.

Prezydent nie zawracał sobie głowy odpowiedzią. Sięgnął przez stół, wziął kieliszek i jednym haustem wypił wódkę.

— Pan wybaczy — powiedział De Sadeski — ale rozumie pan, że ostrożności nigdy nie za wiele.

Prezydent Muffley wziął głęboki oddech, zarówno po to, żeby złagodzić działanie wódki, jak i zapanować nad uczuciami.

— Być może — rzekł chłodno — to bezpodstawne podejrzenie lepiej uświadomi panu, że pozostałe pańskie podejrzenia są równie pozbawione podstaw.

De Sadeski nic na to nie odpowiedział, ale sięgnął po drugi kieliszek i wypił wódkę tak, jakby to była woda. Potem mlasnął wargami i skinął głową.

Siedzącemu w fotelu prezydentowi wyraźnie ulżyło.

— Nic pan nie zje? — spytał cicho. — Jest pan na pewno głodny, a być może przyjdzie nam tu długo czekać.

Ambasador przez chwilę rozważał tę propozycję. Spojrzał przez salę na długi stół, zastawiony wielką liczbą przeróżnych dań. Niewątpliwie odczuwał głód, lecz uważał, że nie pora na pojednawcze gesty.

— No dobrze — zdecydował się wreszcie.

Przy jego boku natychmiast wyrósł asystent prezydenta.

— Proszę za mną, panie ambasadorze — powiedział z szacunkiem.

Ambasador poszedł za nim do długiego stołu. Przeszedł wzdłuż niego tam i z powrotem, żeby przyjrzeć się bogatemu bufetowi. Stół był zastawiony najrozmaitszymi naczyniami, podgrzewanymi tacami z daniami na gorąco, półmiskami z pokrajanym na plastry mięsiwem i olbrzymim wyborem napojów zarówno wyskokowych, jak i bezalkoholowych. De Sadeski wypatrzył, że jednego dania brak, i natychmiast o nie spytał.

— Nie macie świeżej ryby?!

Asystent prezydenta zmieszał się. Pośpiesznie przebiegł wzrokiem stół.

— Niestety nie, panie ambasadorze — odparł.

De Sadeski ucieszył się z efektu, jaki osiągnął. Mógł sobie teraz pozwolić na odrobinę swobody.

— Ale za to jajka macie świeże, co? — spytał.

— Oczywiście, panie ambasadorze.

— W takim razie spróbuję jajko w koszulce. I proszę o cygara, hawańskie, ma się rozumieć.

Do De Sadeskiego i asystenta prezydenta podszedł admirał Randolph, wydobył duże, ozdobne pudełko cygar i poczęstował nimi ambasadora.

— Niech pan spróbuje ' tych z Jamajki, panie ambasadorze — powiedział. — Sądzę, że uzna je pan za całkiem niezłe.

De Sadeski nawet nie spojrzał na pudełko.

— Dziękuję, nie skorzystam — odparł chłodno. — Nie popieram wyrobów imperialistycznych fagasów.

Zaskoczony admirał Randolph wbił w niego wzrok. Z trzaskiem zamknął pudełko, odwrócił się od Rosjanina i na odchodnym rzucił przez ramię:

— Tylko komunistycznych fagasów, tak?

Twarz De Sadeskiego ani drgnęła. Patrzył, jak Randolph podchodzi do drugiego oficera i usłyszał, jak mówi do niego:

— No i widzisz, cholera, Ed! Poczęstuj takiego cygarem, a parszywy skurczy...

Więcej De Sadeski nie usłyszał, bo dwaj oficerowie odeszli, żeby przyjrzeć się bliżej ekranowi pokazującemu ruchy radzieckich okrętów podwodnych. Ich liczba wzrosła, jako że zgłoszono wykrycie nowych i wyświetlono na ekranie ich pozycje. De Sadeski również przyjrzał się w zadumie ekranowi. Szybko rozejrzał się po sali i stwierdził, że nikt go nie obserwuje. Asystent prezydenta zajęty był przy stole bufetowym nakładaniem zamówionych przez niego jajek w koszulkach.

W pewnej odległości od niego generał Buck Turgidson tłumaczył coś gniewnie prezydentowi. Dosłyszał bowiem wymianę zdań pomiędzy ambasadorem i admirałem Randolphem.

— Panie prezydencie — mówił właśnie — dopuści pan do tego, żeby ten nędzny komunistyczny chłystek opluwał nas w ten sposób?!

Prezydenta uraziła uwaga De Sadeskiego, lecz — w przeciwieństwie do generała — potrafił stłumić urazę. Potrzebował De Sadeskiego i potrzebny był mu też Turgidson, jeżeli tylko mogli dopomóc w znalezieniu jakiegoś zadowalającego wyjścia z tej kabały.

— Wiem, co pan czuje, Buck — odparł. — Myśli pan, że mnie się to podoba? Ale niech pan ochłonie, proszę, strasznie dużo zależy od tej rozmowy przez telefon. Dobrze?

— Skoro pan tak mówi, panie prezydencie.

— Świetnie, Buck.

Turgidson odwrócił się i podniósł słuchawkę jednego ze swoich telefonów. Zaczął szybko do niej mówić, zauważając przy tym, że na ekranie Wielkiej Tablicy tory lotu bombowców przybliżyły się jeszcze bardziej do celów ataku. Jego ostrzyżona na jeża głowa energicznie podskakiwała, kiedy kiwał nią na podkreślenie jakichś słów. Rozmawiał właśnie z dowództwem lotnictwa strategicznego, zwierzając się swojemu staremu znajomemu, który był tam szefem, co myśli o radzieckim ambasadorze.

Prezydent przywołał do siebie Stainesa.

— Dlaczego tak długo trwa połączenie z premierem Kissoffem? — spytał ostrym tonem.

— Panie prezydencie, nie udało się nam złapać go na Kremlu — odparł adiutant. — Twierdzą, że nie wiedzą, gdzie jest, i nie spodziewają się jego powrotu przed upływem dwóch godzin.

— Przekazał pan im, co kazałem?

— Miałem nadzieję, że nie będzie to konieczne, panie prezydencie.

Do rozmawiających podszedł De Sadeski.

— Macie, panowie, trudności ze skontaktowaniem się z premierem? — spytał włączając się do rozmowy.

— Tak, panie ambasadorze.

— W sobotę po południu w jego biurze nie wiedzą, gdzie go znaleźć. Zadzwońcie pod moskiewski numer osiemdziesiąt siedem, czterdzieści sześć, pięćdziesiąt sześć.

— Zapamiętał pan, Staines? — spytał szybko prezydent Muffley. Zaczekał, aż Staines powtórzy cyfry, i dodał: — Proszę zrobić to natychmiast.

Staines pośpiesznie odszedł.

— Bardzo panu dziękuję, ambasadorze — powiedział prezydent.

De Sadeski potarł palcem brzeg nosa.

— Zechce pan zauważyć, że przywołałem ten numer z pamięci — rzekł cicho, lecz z naciskiem. — Podkreślam to w nawiązaniu do mojej wcześniejszej uwagi o szachach. Wie pan, jak bardzo ważna jest pamięć dla szachisty.

Prezydent Muffley skinął głową.

— Rzeczywiście, panie ambasadorze, pańska pamięć jest imponująca.

— Dziękuję, panie prezydencie. — De Sadeski zamilkł na chwilę; zastanawiał się, czy powiedzieć to, co zamierzał. Po rozważeniu postanowił, że powie. Uznał, iż należy wyraźnie oświadczyć prezydentowi, że radziecki premier czuje to samo co zwykli ludzie na całym świecie. — Naturalnie, za pośrednictwem biura nigdy by go pan nie odnalazł — rzekł. — Nasz premier jest osobą publiczną. Ale ma również swoje życie prywatne, rozumie pan.

Turgidson odłożył słuchawkę w samą porę, żeby usłyszeć słowa De Sadeskiego. Obrócił się do oficera siedzącego po jego prawej ręce i powiedział:

— Zdegenerowany, bezbożny komuch!

De Sadeski dosłyszał uwagę generała.

— Żądam oficjalnie — zwrócił się z furią do prezydenta — żeby pan tego... tego... tego szachmachera usunął z Centrum Dowodzenia!!

Prezydent Muffley stłumił jęk. I bez tego sytuacja była już dostatecznie wybuchowa. Nie ulegało wątpliwości, że antagonizm pomiędzy Turgidsonem a ambasadorem czynił ją jeszcze groźniejszą. Prezydent stuknął ołówkiem w stół i powiedział surowo do Turgidsona:

— Generale, radziecki ambasador jest moim gościem i ma być odpowiednio traktowany. Rozumie pan?

Twarz Turgidsona pałała gniewem. Nie posiadał się z oburzenia, jak prezydent mógł wystąpić przeciwko niemu, stając po stronie jakiegoś parszywego komunisty, nawet jeżeli był to ambasador. Jednakże prezydent z racji sprawowanego urzędu był w myśl konstytucji jego przełożonym. Wiele go to kosztowało, ale powiedział: „Skoro pan tak uważa, panie prezydencie", a potem znów podniósł słuchawkę i zaczął do niej szybko mówić.

Prezydent zauważył, że Staines daje mu znaki. Spojrzał na niego pytająco.

— Próbuję się połączyć z tym podanym numerem, panie prezydencie — poinformował Staines.

Prezydent wstał i ruszył w jego stronę.

Ale zanim do niego doszedł, nagle za jego plecami wybuchł straszliwy tumult. Odwrócił się szybko.

Generał Turgidson i ambasador De Sadeski mocowali się ze sobą zaciekle na podłodze, waląc i młócąc kończynami, wpadając na meble i z trzaskiem przewracając mały stół.

Muffley ruszył ku nim.

— Panowie! — krzyknął prezydent. — Na miłość boską! Co to ma znaczyć?!

Wszyscy oficerowie zbliżyli się do walczących, kilku z nich siłą rozdzieliło rywali, a potem pomogło im wstać.

De Sadeski odtrącił ręce stojących przy nim oficerów i natychmiast przyjął postawę karateki. Ciężko dyszał, ale zachowywał się wyzywająco.

— No, generale! — powiedział. — Jeszcze pan nie wie, co to karate, ha?!

Generał Buck Turgidson zacisnął pięści.

— Ach, ty komunistyczny chłystku, zaraz strącę ci tę komunistyczną makówkę z twojej brudnej komunistycznej szyi!

Prezydent Muffley wkroczył pomiędzy nich.

De Sadeski nie zmienił postawy.

— Panie prezydencie — oświadczył — mój rząd zostanie powiadomiony o tym personalnym ataku i o próbie zniesławienia swojego ambasadora!

— Panowie, żądam wyjaśnienia! — rzekł ostrym tonem prezydent Muffley.

De Sadeski wskazał ręką.

— Panie prezydencie, wyjaśnienie znajdzie pan w prawej ręce tego krwiożerczego podżegacza wojennego!

Turgidson uśmiechnął się. Z triumfującą miną wyciągnął w stronę prezydenta rękę.

— Przynajmniej w tej jednej sprawie pan nie kłamie, panie komuch. Proszę, oto wyjaśnienie, panie prezydencie, pełne i całkowite!

Rozwarł zaciśniętą dłoń, odsłaniając mały szpiegowski aparacik fotograficzny, który udawał zapalniczkę.

— Ten komunistyczny szczur — ciągnął Turgidson — używał tego do fotografowania naszej Wielkiej Tablicy, oto jak wygląda wyjaśnienie.

— Panie prezydencie — powiedział chłodno ambasador De Sadeski — ten niezręczny cymbał próbował mi podrzucić ten śmiechu warty aparat, proszę tylko pomyśleć, podrzucić! Chciał mi go włożyć do kieszeni marynarki, ale posmakowawszy karate, zmienił zamiar. Oto prawdziwe wyjaśnienie!

— To wierutne kłamstwo! — wybuchnął Turgidson. — Na własne oczy widziałem, jak to robi.

De Sadeski wzruszył ramionami. Obrócił się w stronę prezydenta, wskazał na swoją oderwaną boczną kieszeń i powiedział:
— Niech pan spojrzy, oto dowód. Próbował mi go podrzucić, ale dzięki ciosowi karate poleciał jak z procy.
Turgidson jeszcze raz zacisnął pięści i zrobił krok.
— Ach, ty parszywy, zakłamany, komunistyczny łachu, ja ci...
— Dość tego! — ostrzegł ostrym tonem prezydent Muffley.
— Panowie, posunęliście się za daleko. Natychmiast z tym skończcie.

Doktor Strangelove przyglądał się tej zdumiewającej wymianie zdań pomiędzy ambasadorem a generałem, a okulary, które nosił, skrywały wyraz cynicznego rozbawienia w jego oczach. Obrócił się, nagle czujny, bo w tej właśnie chwili głos Stainesa rozładował całą sytuację.
— Panie prezydencie — powiedział Staines podnieconym głosem — chyba dodzwonili się do premiera.

*** Kolonia Trędowatych

King przyjrzał się dokładnie Asowi. Orzekł, że na pewno został trafiony.
— Ej! — krzyknął. — Niech no któryś przyjdzie tu i zajmie się Asem.
Dietrich opuścił swój fotel i przeszedł do kabiny pilotów.
King sprawdził przyrządy. Światełka sygnalizujące pożar trzeciego i czwartego silnika w lewej wewnętrznej gondoli były zapalone.
— Wyłączam trzeci i czwarty — oznajmił i nacisnął przyciski.
Strzałki obrotomierzy trzeciego i czwartego silnika wolno opadły do zera, a kiedy dopływ paliwa do obu silników ustał,

ogień zgasł. Ale z gondoli w dalszym ciągu wydostawała się smuga dymu.

— W porządku, systemy przeciwpożarowe działają — obwieścił King załodze.

Dym w samolocie był nadal gęsty. King czuł jego smak, mimo że oddychał awaryjnym tlenem. Jest tylko jedno wyjście, pomyślał. Muszę jak najszybciej zejść nisko.

Ustawił bombowiec na maksymalną prędkość schodzenia i powiedział:

— Schodzę nad ziemię. I to naprawdę nad samą ziemię. Można, Sweets?

Sweets Kivel spojrzał na swoją mapę.

— Jasne, King, jeszcze przez jakiś czas nie mamy na trasie gór.

Bombowiec zanurkował w dół pod ostrym kątem.

— Ej, w czasie nurkowania nie dam rady go stąd ruszyć — powiedział Dietrich, który próbował podnieść Asa z fotela. — Zdaje się, że oberwał w ramię. Chyba jest w szoku — dodał. Szczycił się swoją znajomością medycyny. Zanim zaczął służyć w lotnictwie, zaliczył rok na wstępnym kursie medycznym.

— Niech któryś mu pomoże — zarządził King. — Lothar.

— Tak, King?

— Masz jakieś uszkodzenia?

Lothar Zogg jeszcze raz sprawdził aparaturę. Ucieszył się, że wszystko działa.

— Żadnych uszkodzeń, King — odpowiedział.

— Dobra, to przyjdź tu i pomóż.

Lothar wspiął się do kabiny pilotów i pomógł Dietrichowi przenieść Asa Owensa z fotela na koję, z której członkowie załogi korzystali, kiedy chcieli odpocząć.

King utrzymywał bombowiec w stromym locie nurkującym. Samolot opadał z prędkością pięciu tysięcy stóp na minutę. King spojrzał na wskaźniki paliwa i zobaczył, że wskazówki kilku z nich rozhuśtały się jak szalone. Przyszło mu na myśl, że jest to pewnie objaw gwałtownego tracenia wysokości.

— Ułożyliśmy Asa na koi — zawiadomił go Dietrich. — Właśnie otworzył oczy. Chyba nie oberwał zbyt mocno.

— To wspaniale — powiedział King i spojrzał jeszcze raz na paliwomierze. — Słuchaj, Dietrich — ciągnął — opatrz mu to ramię, a potem wracaj do przyrządów. Chcę, żebyś, kiedy zejdziemy tuż nad ziemię, włączył na pełną moc zakłócanie.

— Zrozumiałem, King.

King skupił uwagę na swoich przyrządach, przekonał się że wszystko jest w normie, a potem zażądał od członków załogi meldunków o uszkodzeniach.

— Mój sprzęt działa dobrze, King, ale jedna drobna rzecz mnie martwi — powiedział Sweets Kivel.

— A co?

— Czy twoje paliwomierze zachowują się tak jak moje? Wskaźniki skaczą to tu, to tam?

King spojrzał jeszcze raz na swoje paliwomierze. Wskaźniki w dalszym ciągu się wahały, ale znacznie słabiej niż przedtem.

— To zmartwienie pozostaw mnie, chłopcze — odparł. — Lecimy dalej i nic tego nie zmieni. A co u ciebie, Goldy? Masz jakieś kłopoty?

Porucznik Goldberg miał zdenerwowany głos.

— Na dobrą sprawę to jeszcze nie skończyłem kontroli, King — odpowiedział. — Ale powiem ci tylko, że w burcie, dokładnie na wprost EZFC, jest duża dziura. Właśnie to sprawdzam.

King nie skomentował tej wiadomości.

— Dietrich, wróciłeś już na miejsce? — spytał.

Kiedy padło to pytanie, Dietrich wsuwał się właśnie na swój fotel. Goldberg wskazał mu ręką kabinę pilotów, więc pośpiesznie włączył telefon pokładowy.

— Dietrich, słyszysz mnie? — zapytał King.

— Tak, oczywiście.

— Co z Asem?

— Nie najgorzej, King — odparł szybko Dietrich. — Rana nie jest śmiertelna. Może przeżyje.

— Cieszę się. Opiekuj się naszym Asem. Słyszysz mnie?

— Jasne, King.

— Dobra, to sprawdź swój sprzęt.

— Zrozumiałem, King. — Dietrich popatrzył na aparaturę zakłócającą. Sprawdził obwody i przekonał się, że pracują bez zarzutu. — Wszystkie obwody sprawdzone i sprawne — zameldował. — Włączyć awaryjne zasilanie, kiedy zejdziemy nad ziemię?

— A to pomoże?

— Pewnie, że pomoże... zakłócimy wszystko w zasięgu radaru. Widzisz, tam nad ziemią potrzebujemy dodatkowej mocy, za dużo przeszkód, wiesz, wzgórz i wszystkiego. To pomoże.

— No to włącz — odparł King. — Naszym zadaniem jest dotrzeć do celu i dotrzemy tam. Więc włącz, cholera, wszystko, co tylko potrzeba. Nic nas nie zatrzyma, jeżeli nadlecimy na małej wysokości.

— Dobra — odrzekł Dietrich. — Utrzymam nas na wysokości, którą uznam za bezpieczną.

— Zgoda.

King poprawił się w fotelu. Przelotnie pomyślał o Asie Owensie, a potem zapomniał o nim, wypatrując nieprzyjacielskiego brzegu.

Wiedział, że czeka na nich wiele niebezpieczeństw. Wzniesienia, nie wykazane na mapach bojowych, myśliwce, pociski ziemia-powietrze, obrona przeciwlotnicza. Ale wyszkolono go, jak na nie reagować. Wiedział, że samolot mknący z prędkością około sześciuset mil na godzinę jest niemal nie do trafienia przez obronę przeciwlotniczą, jeżeli leci tuż nad ziemią. I właśnie tak nisko zamierzał sprowadzić *Kolonię Trędowatych*.

— Tuż nad ziemią polecę z maksymalną prędkością — zapowiedział.

— A wiesz, ile nam to zeżre paliwa? — spytał natychmiast
w odpowiedzi Sweets.

— Nie ma rady. Jaki mamy wiatr, Sweets?

— Wiatr może nam pomóc. Wieje chyba korzystnie dla nas.
Ale uważam, że jeżeli polecimy z maksymalną prędkością, potem będziemy musieli wracać pontonem.

— No cóż, o to pomartwimy się we właściwym czasie — odparł King.

Spojrzał przed siebie i zobaczył nieprzyjacielski brzeg.

*** *Baza Lotnicza w Burpelson*

W gabinecie generała Rippera znać było ślady walki. Spo-
radyczne serie z broni automatycznej wpadły do środka i ude-
rzywszy w ściany, przebiły wiszące na nich obrazy i ozdoby,
powyginały je i zniszczyły, podłogę zaś zasypały odłamkami
ściennych okładzin i potrzaskanym szkłem.

Ripper i Mandrake siedzieli za osłoną biurka generała. Na
dywanie przy nich stały trzy szklaneczki, a Ripper hołubił na
kolanach chłodzony powietrzem karabin maszynowy browning
kaliber 7,92 mm.

Minę miał stanowczą i wsłuchując się w odgłosy walki, do-
chodzące spoza terenu bazy, z zadowoleniem kiwał głową.

— Chłopcy dobrze sobie radzą, pułkowniku — powiedział.
— Naprawdę dobrze.

— O tak, na pewno — przyznał Mandrake. Odruchowo
szybko schylił głowę, bo w gabinecie załomotały następne kule.

Ripper uniósł szklankę, wypił wolno i spytał:

— Pułkowniku Mandrake, czy widział pan kiedyś Rosjanina,
który by wypił szklankę wody?

— Nie, panie generale. Sądzę, że nie widziałem.

— Wódka. Oto co oni piją, prawda? Wody nigdy.

— No cóż, ja... ja doprawdy nie umiem powiedzieć.

— Rosjanin pod żadnym warunkiem nie tknie wody i nie bez słusznego powodu.

Mandrake spojrzał na Rippera z niepokojem. Nie mógł pojąć tego uporczywego podkreślania znaczenia płynów i wody. Ale Ripper nie okazywał żadnych oznak wzburzenia.

— Niestety, niezupełnie rozumiem, do czego pan zmierza, panie generale — odparł.

Ripper wyjął z ust cygaro i skinął nim w stronę Mandrake'a.

— Woda! Do niej zmierzam, do wody! Woda jest źródłem wszelkiego życia. Cztery piąte powierzchni tej planety to woda, dziewięćdziesiąt osiem procent ludzkiego ciała to woda. Jako ludzie, potrzebujemy świeżej, czystej wody, żeby uzupełnić nasze bezcenne płyny ustrojowe. Zaczyna do pana docierać?

— Nie, panie generale, tego, niestety, nie mogę o sobie powiedzieć.

— A czy nigdy nie zastanowiło pana, dlaczego piję wyłącznie destylowaną bądź deszczową wodę i jedynie czysty alkohol zbożowy?

— Tak, panie generale, zastanawiałem się nad tym, owszem — odparł Mandrake.

Ripper zachmurzonym wzrokiem spojrzał na opróżnioną szklankę. Wyciągnął ją w stronę Mandrake'a, a ten na kolanach przemierzył gabinet, żeby ją napełnić.

— Czy słyszał pan kiedyś o czymś takim jak fluoryzacja, pułkowniku? O fluoryzacji wody?

Mandrake znieruchomiał, zastanawiając się nad tym pytaniem, po czym odparł:

— Tak, sądzę, że tak, panie generale. Czy ma to coś wspólnego z zębami. To znaczy, z zapobieganiem tworzeniu się w nich dziur albo czymś takim?

Przez gabinet przeleciał ponownie grad kul. Mandrake podpełzł z powrotem do Rippera.

— Doleciały z bliska — ocenił generał. — A teraz niech

pan mi pomoże przy tym karabinie maszynowym, pułkowniku. Ja będę strzelał, a pan będzie trzymał taśmę z amunicją. Za oknem siedzi jakiś wesołek i zasypuje nas kulami. Jednym ruchem potężnych dłoni odciągnął zamek, wprowadził nabój do komory i ponownie przesunął uchwyt zamka.

— Gotowe — oznajmił, wstał i ruszył do okna, a przy jego boku skulony, gotów do podawania amunicji pułkownik Mandrake.

Ripper natychmiast dostrzegł cel, którego szukał, na dachu budynku stojącego na wprost okien gabinetu, gdzie zajął pozycję strzelec wyborowy. Generał otworzył ogień, jego potężne ciało dygotało, kiedy ciężki karabin maszynowy brykał i kopał go w ręce. Skulony przy nim Mandrake prosto trzymał taśmę z amunicją, żeby wprowadzić naboje do prującego karabinu. W gabinecie panował ogłuszający huk, ponieważ generał strzelał seria za serią i wkrótce dywan zaścieliła gruba warstwa łusek.

Ripper na chwilę przerwał kanonadę, wyjrzał przez strzaskane szyby, po czym wystrzelił jeszcze jedną długą serię. Znowu przerwał ogień i z zadowoleniem powiedział do Mandrake'a:

— Już po wszystkim. Trafiłem go.

Obaj usiedli na podłodze. Nie wypuszczając z prawej ręki karabinu, lewą Ripper wziął szklankę.

— Tak jak już panu mówiłem, pułkowniku — rzekł — fluoryzacja wody jest najtrudniejszym do pojęcia, najpotworniejszym i najniebezpieczniejszym tajnym spiskiem, z jakim mieliśmy do czynienia. Fluorki są głównym składnikiem środków owadobójczych, grzybobójczych i trutek przeciwko gryzoniom. Zanieczyszczają nasze cenne płyny ustrojowe. Zapaskudzają je, pułkowniku! Nasze cenne płyny ustrojowe gęstnieją i psują się!

— No cóż, panie generale, myślałem, że nasi naukowcy to zbadali. A przynajmniej się o tym czyta.

Ripper uśmiechnął się.

— Otóż to, pułkowniku. Żeby zdać sobie sprawę, jak daleko zaszła infiltracja komunistyczna, wystarczy tylko policzyć, ilu

naukowców, nauczycieli, urzędników służby zdrowia, kongres-
menów i senatorów macza w tym palce. To są niezaprzeczalne
fakty, pułkowniku!!!

Generał oparł karabin maszynowy o biurko i podczołgał się
do szuflady. Otworzył ją i wyciągnął grubą teczkę. Kiedy czoł-
gał się z powrotem do siedzącego Mandrake'a, ściany obryzgała
seria z automatu. Ale Ripper nie zwrócił na nią uwagi.

— Przez siedemnaście lat pieczołowicie badałem fakty i mam
je wszystkie tutaj — oświadczył i poklepał teczkę. — Od zakoń-
czenia drugiej wojny światowej śledziłem, jak się to wszystko
rozrasta i przybiera niewiarygodne rozmiary. Przestudiowałem
fakty, pułkowniku — fak-ty!!! — i na podstawie obliczeń statys-
tycznych zorientowałem się, że pora działać. Zorientowałem się,
że pora działać, zanim cała wola i witalność wolnego zachodnie-
go świata zostaną podkopane, zanieczyszczone, zapaskudzone
i zepsute przez ową szatańską substancję — fluorek! A najbardziej niepojęte w tej sprawie jest to, że wszystkie fakty są
dostępne dla każdego, kto je chce dostrzec. Czy znane są panu
fakty na temat fluorków, pułkowniku Mandrake?

Mandrake musnął wąsy.

— No, właściwie to nie, panie generale — odparł.

Strzelanina na zewnątrz nasiliła się. Wydało mu się również,
że przybliżyła.

Ripper poklepał go po ramieniu dużą dłonią.

— Dobry z pana oficer, Mandrake — rzekł z rozczuleniem.
— Wierny. Od tej chwili przestaje mnie pan tytułować „panie
generale", zrozumiano? Będzie się pan do mnie zwracał „Jack",
to rozkaz!

Mandrake zmieszał się. W RAF-ie byłoby to nie do pomyślenia. Ale rozkaz to rozkaz. Pociągnął łyk ze szklanki i odparł:

— Zrozumiano... Jack.

— Otóż to — powiedział Ripper. — Tak właśnie mam na
imię. Jack. — Wsłuchał się uważnie w odgłosy strzelaniny za

oknem, a potem zwrócił się w stronę Mandrake'a. — To są moi chłopcy. Walczą. Umierają za mnie, wie pan? — Jestem pewien, że robią to z dumą i przyjemnością — zapewnił go ciepło Mandrake. — Każdy, kto żyw... Jack. — Cieszę się, że pan to mówi — powiedział Ripper. — O czym to mówiliśmy?

— No więc, zapytał mnie pan, czy znam jakieś fakty na temat fluorków.

Ripper skinął dużą głową.

— A więc fakty są proste — rzekł. — Fluor należy do grupy chlorowców, to znaczy do grupy siódmej układu okresowego. Jest najaktywniejszym ze wszystkich pierwiastków. Jest przekazywany przez matkę płodowi za pośrednictwem łożyska, a także znajduje się w mleku z piersi. Zawiera go również ludzkie ciało — kości, zęby, tarczyca, włosy, wątroba, nerki, skóra, paznokcie, wełna, pierze, rogi, kopyta i łuski.

Mandrake przyjrzał się uważnie generałowi. Twarz Rippera była spokojna i opanowana, ale pod lewym okiem widać było nieznaczny tik.

— Tak, Jack, rozumiem — odparł.

— Śledziłem wszystko bardzo dokładnie przez całe lata, pułkowniku, odkąd tylko wprowadzili tę rzecz komuniści — ciągnął Ripper. — A fakty są widoczne jak na dłoni, jeżeli tylko ktoś zada sobie trud ich zbadania. Czy zdaje pan sobie sprawę, że oprócz fluoryzacji wody trwają badania nad fluoryzacją soli, mąki, soków owocowych, zup, cukru, mleka i lodów?! Lodów, pułkowniku! Lodów dla dzieci!!! A wie pan, kiedy zaczęło się to całe fluoryzowanie?

— Nie, nie potrafię powiedzieć, Jack.

Ripper wyjął z ust cygaro i dokładnie przyjrzał się jego rozżarzonemu czubkowi.

— Zaczęło się w tysiąc dziewięćset czterdziestym szóstym — powiedział wolno. — Kojarzy pan?

— No... — zaczął Mandrake.

— W tysiąc dziewięćset czterdziestym szóstym, pułkowniku
— ciągnął Ripper. — Prawda, jak to się zbiega w czasie z po-
wojennym spiskiem komunistycznym? To uderzająco oczywiste,
co? Obca substancja zostaje wprowadzona do naszych cennych
płynów ustrojowych, bez wiedzy jednostek i z pewnością bez
najmniejszej możliwości wolnego wyboru. Tak właśnie postępują
komuniści...

Mandrake zastanawiał się przez chwilę nad tą kwestią, po
czym spytał:

— Czy mogę o coś spytać, Jack?

Ripper machnął przyzwalająco cygarem w wielkodusznym
geście.

— Jasne, pułkowniku, dobry z pana oficer.

— Kiedy pan po raz pierwszy rozwinął tę, hmm, teorię
o fluoryzacji, Jack?

— To nie teoria! — odparł Ripper. — To przeświadczenie
o czymś, co jest bezwzględnie pewne.

— Tak, to rozumiem. Jack, ale kiedy po raz pierwszy pan to
sobie uświadomił?

Ripper jakby nie słyszał pytania. Zamyślony wpatrywał się
w ścianę naprzeciwko. Mandrake powtórzył pytanie.

Oczy generała wolno zwróciły się w jego stronę.

— Czy kochał pan kiedyś kobietę, pułkowniku? — spytał.

— Kochał fizycznie?

Mandrake nie zdążył mu odpowiedzieć, bo Ripper mówił
dalej.

— Człowiek ma poczucie, że coś traci, przejmujące wrażenie
pustki. Ale ja na szczęście umiałem należycie zinterpretować
te oznaki. Było to poczucie utraty treści, ot co. Zapewniam pana
jednak, że więcej się ono nie powtórzyło. Kobiety wyczuwają
moją siłę i uganiają się za mną. Ja też nie unikam kobiet.

— Głos generała nabrał mocy. — Ale odmawiam im swojej treści
życia.

Mandrake w zamyśleniu gryzł wąsy. Nie wiedział, co odpowiedzieć generałowi, który ponownie zaczął gapić się w ścianę. Wobec nagłej ciszy, która zapadła w bazie, ominęła go konieczność odpowiedzi. Już od kilku minut zdawał sobie sprawę, że strzelanina zamiera, a teraz całkowicie ustała. Dotarło to także do Rippera. Podszedł do okna i wyjrzał przez strzaskane żaluzje. W oddaleniu zobaczył oddział żołnierzy prowadzących do hangaru grupę obrońców bazy, którzy byli bez broni, a ręce trzymali nad głowami. Odwrócił się od okna. Mandrake zbliżył się do niego. Generał wyglądał na zdruzgotanego, na kogoś, kto nagle się postarzał. Tik pod jego lewym okiem stał się bardziej widoczny.

— Poddali się — oznajmił.

*** *Kolonia Trędowatych*

King zakończył schodzenie w dół i spojrzał na uciekającą ziemię pod bombowcem. Była zaśnieżona, a po obu stronach samolotu widać było w tej chwili wyższe góry.

Ale Sweets Kivel precyzyjnie wytyczył trasę lotu. Przed nimi nie było gór. King skoncentrował się na kierowaniu bombowcem, przyrzekłszy sobie stanowczo, że doleci do celu.

— Masz następny kurs, Sweets? — spytał.

Porucznik Kivel spojrzał na mapę, włączył komputer i zaczął liczyć.

— Tak jest, King. Jeden-osiem-cztery — odparł i ponownie zajął się komputerem.

— Ej, Dietrich, a co tam z Asem? — spytał King. — I co z zakłócaniem?

— W obu wypadkach doskonale — odparł Dietrich. Spojrzał na tablicę zakłócacza elektronicznego, dokonał drobnych poprawek i dodał: — Zakłócacz sprawny, King. Goldberg idzie zajrzeć do Asa.

Goldberg opuścił swój fotel i podszedł do koi Owensa.

As podniósł na niego wzrok.

— Co słychać, Goldy? — spytał.

— W porządku — odparł Goldberg. — A u ciebie, As?

— Nic mi nie jest, Goldy.

Goldberg nachylił się nad Asem i czystą chusteczką otarł mu spocone czoło. Ranny zamknął oczy i skulił się na koi, żeby zasnąć.

Goldberg przyglądał mu się przez chwilę, a potem wrócił na swoje miejsce.

— King, jesteś tam? — spytał przez telefon pokładowy.

— No wiesz, Goldy, cholera, a gdzie mam według ciebie być? Jasne, że jestem tutaj, gadaj, o co chodzi.

— Właśnie przyjrzałem się Asowi — powiedział porucznik Goldberg. — Nie wygląda za dobrze. Ale myślę, że przeżyje.

— No to świetnie, bo leci z nami na akcję, jakiej jeszcze nie było. Żeby rzucić a-to-mów-kę na Ruskich!

— W porządku, King, ty tu decydujesz — odrzekł Goldberg. Wrócił do koi Asa i dotknął ręką jego czoła.

— Dzięki, Goldy, dobry z ciebie kumpel — powiedział As Owens.

Porucznik Goldberg stał przy nim przez chwilę, a potem odwrócił się i poszedł z powrotem na miejsce przy rozbitym radionadajniku.

— Tak jak już mówiłem, King — odezwał się — wątpię, żebyśmy jeszcze coś z niego wydusili. Może się mylę, ale chyba nie.

King, który koncentrował się, żeby przemknąć się nad wybrzeżem, znalazł czas, żeby zapytać.

— O co chodzi, Goldy, w czym kłopot?

— Powtarzam ci, że radio nie działa — odparł Goldberg. — Nie jestem w stanie go naprawić i sądzę, że nie będzie już z niego pożytku.

Wyłączył mikrofon i spojrzał na wykresy, które wyszczególniały pasma radiowe dla samolotów wlatujących w obszar powietrzny Rosji i środki obrony, jakie napotkają.

— Kontrola środków zakłócania zakończona — zameldował.

*** Centrum Dowodzenia

Gwar rozmów oficerów i oficjeli zebranych w Centrum Dowodzenia nagle ustał. Wszyscy usłyszeli wyraźny głos Stainesa:

— Panie prezydencie, połączyli się z radzieckim premierem. Jest z nim osobisty tłumacz. Będzie symultanicznie tłumaczył pańskie słowa premierowi i na odwrót.

Prezydent głęboko zaczerpnął powietrza i sięgnął po słuchawkę. Gromada ludzi w pobliżu stołu pośpiesznie zajęła miejsca i dwadzieścia trzy dłonie sięgnęły po dwadzieścia trzy dodatkowe słuchawki.

— Halo — odezwał się prezydent. — Halo, Dymitr, czy to pan? — Zamilkł na czas odpowiedzi, po czym dodał: — Tak, tu Merkin, jak się pan ma?

Tym razem przed ponownym odezwaniem się milczał dłużej.

— Och, dobrze, doskonale, dziękuję. Strasznie przepraszam, że niepokoję pana dzwoniąc pod ten numer. — W słuchawce zatrzeszczało. — A, a, tak, dostałem od ambasadora... — ciągnął. — Co to jest? A, rozumiem pana, tak, może kiedy następnym razem przyjadę do Moskwy.

Rosyjski premier znów odpowiedział i prezydent zaczekał, aż skończy mówić. A potem rzekł:

— Tak, jasne, że się na to cieszę. Ale w tej chwili jest tu ze mną ambasador De Sadeski, a ściągnąłem go na to spotkanie z powodu pewnego problemu, który przedstawię za chwilę, wpierw jednak chcę, żeby się z panem przywitał, potwierdzając panu, że tu jest.

Prezydent przykrył dłonią słuchawkę i skinął na De Sadeskiego.

— Niech pan mu powie, gdzie pan jest i że wtrąci się pan do rozmowy, jeżeli w czymkolwiek skłamię — rzekł cicho. — Ale proszę mu nie mówić nic poza tym.

— Zgoda, ale ja nie mam słuchawki — odparł De Sadeski.

Prezydent niecierpliwie skinął ręką na asystenta.

— Proszę dać panu swoją, Staines — polecił.

Stainesowi bynajmniej nie spodobało się to polecenie. Nadąsany podał słuchawkę ambasadorowi, ten zaś usiadł wygodnie w jego fotelu. Asystent odszedł i przysunął się do jakiegoś pułkownika, żeby słyszeć, co się mówi, przez jego słuchawkę.

Ambasador De Sadeski przemówił po rosyjsku, potoczyście i nie szczędząc słów. Nikt ze zgromadzonych przy stole nie rozumiał po rosyjsku, ale wszyscy usłyszeli, że kilkakrotnie wymienił chyba nazwisko Muffleya.

Skończył mówić, zaczekał na odpowiedź, a potem skinął ponuro głową w stronę prezydenta.

— Spełniłem pańską prośbę, panie prezydencie, ale radzę z nim uważać, bo zdaje mi się, że sobie wypił.

Do tych zdań dołączył jeszcze kilka słów rosyjskich, których na szczęście nikt z obecnych nie zrozumiał.

— Halo! — odezwał się prezydent łagodnym i pojednawczym tonem. — Tak, to znowu ja, Dymitrze. Co?... Zaraz, nie słyszę pana dobrze. Czy nie mogliby ściszyć tej ogłuszającej muzyki? — Zaśmiał się krótko. — Oczywiście, rozumiem. Tak, o wiele lepiej.

Kilka sekund zabrało mu obmyślanie, jak ma sformułować następne zdanie. Poprzedził je wymuszonym, nerwowym śmiechem.

— Przypomina pan sobie, Dymitrze, jak tylekroć rozmawialiśmy o możliwości popełnienia jakiegoś błędu w związku z bombą.

Z powodu przeziębienia wypowiedział te słowa niewyraźnie

i szybko sięgnął po chusteczkę, kiedy w odpowiedzi w słuchawce zabrzmiało pytanie:

— Z bombą?

— No, wie pan, z bombą wodorową!... Tak jest. No więc, jeden z dowódców naszych baz pod wpływem nagłego załamania nerwowego wydał podległym mu samolotom rozkaz zaatakowania pańskiego kraju.

Prezydent lekko odsunął od siebie słuchawkę, bo z drugiego końca drutu nadpłynęła seria hałaśliwych dźwięków. Admirał Randolph spojrzał na siedzącego po drugiej stronie stołu generała Turgidsona, który wymownie wzniósł oczy w stronę sufitu.

— Panie premierze, proszę dać mi skończyć... — odezwał się prezydent — proszę dać mi skończyć... proszę dać mi skończyć! Tak jest, w sumie trzydzieści cztery samoloty, ale do celów dolecą za godzinę. — Spojrzał szybko na generała Turgidsona, a ten skinął głową. — Tak jest, za godzinę.

Ucho ponownie zwiędło mu od steku przekleństw.

— A pan myśli, że ja sam jak się czuję? — spytał z oburzeniem Muffley. — Myśli pan, że po co do pana dzwonię... nie, w żadnym razie nie po to. Zapewniam pana, że to nie jest podstęp. Panie premierze, tłumaczyłem już to wszystko pańskiemu ambasadorowi i powtarzam, że to nie jest podstęp. Próbowaliśmy je odwołać, ale mamy kłopoty z szyfrem... Tak jest, z szyfrem odwołującym atak. Musi mi pan w tej sprawie zaufać, Dymitrze, to zbyt skomplikowane do wyjaśnienia. Dobrze, oczywiście, że pana wysłucham.

Prezydent strzelił palcami w kierunku jednego z asystentów, ten zaś przystąpił do niego z papierosem, wsadził mu go w usta i przypalił zapalniczką. Prezydent zaciągnął się głęboko i wydmuchał chmurę dymu. Kiedy głos radzieckiego premiera zamilkł, Muffleyowi lekko drżała ręka.

— O czym pan mówi? — spytał. — Nie rozumiem, dlaczego to oznacza koniec świata. No nie, Dymitrze, niech pan nie opowiada takich rzeczy. To nie jest konstruktywne stanowisko.

Turgidson znów uśmiechnął się powściągliwie. Rozmowa rozwijała się bardzo po jego myśli. Spojrzał na Wielką Tablicę, odnotowując wzrokiem, jak daleko trasy lotu bombowców przesunęły się w głąb terytorium Rosji, a także postępującą koncentrację eskadr bombowców strategicznych, lecących na północ, i samolotów-cystern, podążających do rejonów uzupełniania paliwa. Wziął słuchawkę swojego telefonu i przyciszonym głosem zaczął rozmawiać z dowódcą Lotnictwa Strategicznego w Offutt. Prezydent przerwał radzieckiemu premierowi.

— Proszę posłuchać, Dymitrze, marnujemy czas — powiedział głośno. — Chcielibyśmy przekazać pańskim sztabowcom pełny wykaz atakowanych celów, tras lotu i systemów obrony tych bombowców... tak jest, skoro nie możemy ich odwołać, to musimy się przyczynić do ich zniszczenia i zrobimy to! Ale do kogo mają się zwrócić moi sztabowcy?

Przełożył słuchawkę z prawej ręki do lewej i zaczął szybko notować w notatniku, który miał przed sobą. Pisząc powtarzał informacje, które przekazywał mu radziecki premier.

— Naczelne Dowództwo Ludowej Obrony Przeciwlotniczej — to wspaniała nazwa, Dymitrze, a gdzie się ono mieści? Aha, w Omsku. Dobrze. Niech pan zadzwoni do nich pierwszy...: Nieeeee.... a nie ma pan przypadkiem pod ręką numeru ich telefonu? Zapytać w informacji telefonicznej w Omsku? Dobrze, Dymitrze, zrozumiałem. Ile zajmie panu dojechanie do biura?

Czekał na odpowiedź, strząsając popiół z nerwowo palonego papierosa na podłogę sali Centrum Dowodzenia.

— W takim razie niech pan zadzwoni jak najszybciej. Mój numer to Dudley trzy, trzy, trzy, trzy, trzy, wewnętrzny dwa, trzy, sześć, pięć, no a gdyby pan zapomniał, to niech pan poprosi o połączenie z Centrum Dowodzenia, będą czekać na pański telefon. Dobrze... do usłyszenia.

Prezydent znów przykrył dłonią słuchawkę i zwrócił się do ambasadora.

— Chce rozmawiać z panem — oświadczył.

Ambasador zaczął szybko mówić po rosyjsku. Nagle urwał, a potem, zdoławszy wtrącić zaledwie kilka pytań, na zakończenie rozmowy z trzaskiem odłożył słuchawkę.

Prezydent spojrzał na niego z niepokojem.

— Co się stało? — spytał.

De Sadeski powoli zdjął dłoń z telefonu. Wolno podniósł głowę, aż wreszcie jego oczy znalazły się na wysokości oczu prezydenta.

— Durnie! — powiedział cicho, z wyraźną goryczą. — Zwariowani, kopnięci, niepoczytalni durnie!

— O czym pan mówi? — spytał prędko prezydent.

— O Machinie Zagłady.

Siedzący przy stole mężczyźni obrócili się jeden do drugiego, powtarzając słowa De Sadeskiego. Żaden nie miał pojęcia, o czym tamten mówi.

— Pierwsze słyszę — oznajmił admirał Randolph.

— Ja również — przyznał generał Faceman.

Generał Turgidson poprzestał na pełnym odrazy prychnięciu, spojrzał w sufit i oznajmił apodyktycznym tonem:

— Czegoś takiego nie ma.

De Sadeski zlekceważył ich uwagi.

— Machina Zagłady — powtórzył spokojnym, monotonnym, metalicznym głosem — jest to urządzenie, które zniszczy ludzi i zwierzęta na całej kuli ziemskiej.

Nagle przestał nad sobą panować i zaczął przeklinać po rosyjsku.

Chociaż nikt nie rozumiał ani słowa, to jednak ze sposobu, w jaki to robił, do wszystkich dotarło, że stało się coś potwornego.

Tylko doktor Strangelove pojął, o czym mówi Rosjanin. I z miejsca zaczął układać w myślach plan sprostania owej katastrofie. Był przekonany, że mu się powiedzie i że zgromadzeni na sali, w tym również prezydent, zaakceptują jego plan,

kiedy uświadomią sobie, co nieuchronnie wynika ze słów ra-
radzieckiego ambasadora.

Jednakże chwilowo nie zabrał głosu. Pragnął bowiem mieć
czas na myślenie.

*** *Kolonia Trędowatych*

W tej chwili King leciał już bombowcem tuż nad ziemią.
Zdał się na dokładność wysokościomierza radiolokacyjnego i swoje wieloletnie doświadczenie. Nastawił wysokościomierz tak,
żeby wskazywał zagrożenie, jeżeli samolot zejdzie poniżej stu
stóp.

— Jak tam z Asem, Dietrich? — spytał.

— Nie jest z nim najlepiej.

— Wszystkie środki zakłócania masz na maks?

— Na maks, King.

— Zrozumiałem.

Sweets Kivel włączył komputer, nastawił kolistą skalę i zapisał kilka liczb. A potem znów użył komputera i sprawdził
wyniki. Zmarszczył czoło, potrząsnął głową i sprawdził jeszcze
raz.

Porucznik Lothar Zogg z uwagą śledził te czynności.

— Coś nie tak, chłopie? — spytał cicho nawigatora, kiedy
spostrzegł jego zafrasowanie.

— No, kiepsko to wygląda. Ej, King, spalamy strasznie dużo
paliwa — powiedział Sweets.

— Jasne — odparł King — na tej wysokości zawsze spalamy
dużo paliwa.

Sweets znów pokręcił głową.

— Tak, wiem. Ale z moich obliczeń wynika, że zużywamy
znacznie więcej, niż powinniśmy.

King zaśmiał się.

— No, to sprawdź jeszcze raz, Sweets — powiedział. — Nie spotkałem jeszcze nawigatora, który by się choć raz nie pomylił.

Goldberg był mocno zajęty przez EZFC, sprawdzając wszystkie jego obwody. Sięgnął na wiszącą nad aparaturą półkę z narzędziami, żeby wziąć stamtąd układ zintegrowany i wymienić ten, który jego zdaniem wysiadł. System układów zintegrowanych często stosowano w bombowcach lotnictwa strategicznego, żeby przyśpieszyć naprawę uszkodzonego sprzętu. W czasie lotu w powietrzu nie było czasu na naprawę przeciętych kabli i połączeń. Tak więc wszystkie elementy aparatury wbudowane były w szereg łatwo wymiennych zespołów.

Goldberg wyjął stary zespół i wsunął na jego miejsce nowy. A potem znów zaczął sprawdzać.

Dietrich pochylił się nad Asem.

— Przynieść ci coś, As? — spytał. — Kawy albo czegoś?

— Chyba napiłbym się wody — odparł As. — Zaschło mi w gardle.

Dietrich z wszechwiedzącą miną pokiwał głową. Przybrał pozę lekarza domowego, który stoi przy łóżku pacjenta.

— W takich razach zawsze zasycha w gardle — powiedział.

— Przyniosę ci wody. Jak tam opatrunek?

— W porządku — odparł As słabym głosem.

Dietrich odwrócił się od niego i nalał wody do papierowego kubka.

Na tej wysokości samolot nie był zbyt stabilny. Podrygiwał od nagłych wzlotów w górę nad nierównym, pofałdowanym terenem, tak więc Dietrich miał trudności z doniesieniem wody do Asa bez rozlania. Ale udało mu się i As chciwie napił się z kubka, który mu przytrzymał.

— Pyszna — powiedział.

Dietrich jeszcze raz skinął głową.

— Zawsze tak smakuje — rzekł. — A teraz spróbuj się przespać.

As zamknął oczy. Dietrich przyglądał mu się kilka chwil, a potem wrócił na miejsce.

Sweets Kivel po raz trzeci sprawdził obliczenia i podał je Lotharowi Zoggowi.

— Lothar. Sprawdź, czy wyjdzie ci to samo — poprosił.

Lothar Zogg z uwagą przyjrzał się liczbom. Sięgnął do komputera i sprawdził je. Po chwili odłożył komputer na swój stół i rzekł:

— Nie widzę żadnych błędów.

— King — powiedział Sweets — moje obliczenia są prawidłowe. Sprawdziłem je ponownie i sprawdził je Lothar. Zużywamy dwa razy tyle paliwa, ile powinniśmy.

— Ale czy starczy nam na dotarcie do głównego celu? — spytał szybko King.

— Jasne.

— A do drugiego?

— No, owszem, ale...

— Ale co?

— Ale czy pamiętasz, jak kilka minut temu powiedziałem, że do domu będziemy musieli dopłynąć pontonem?

— No i dobrze, więc dopłyniemy pontonem.

— Zaraz, zaraz, muszę wnieść poprawkę — odezwał się Sweets. — Zanosi się na to, że zanim powiosłujemy, czeka nas jeszcze długi spacer.

*** Centrum Dowodzenia

W sali obok Centrum Dowodzenia tłumacze lingwiści z wojsk lotniczych przekazywali przez radio wiadomości od swoich sztabowców do ich odpowiedników w Związku Radzieckim.

Przekazywali szczegóły na temat tras lotów, celów, a także informacje o posuwaniu się atakujących bombowców.

Przekonali się, że łączność z Rosjanami jest dobra, a radzieccy wojskowi odpowiedzieli im szybko. Po niedługim czasie obie strony doszły do porozumienia, co zapowiadało, że wszystkie atakujące bombowce zostaną zniszczone.

Byli fachowcami, a nie ideologami czy też ludźmi mającymi na względzie własne interesy. Byli rzetelnymi zawodowymi oficerami, z dużym doświadczeniem i świadomością, że wykonują, co do nich należy.

Oficerowie amerykańscy, na polecenie prezydenta, udzielali bez ograniczeń wyczerpujących informacji swoim kontrpartnerom z Omska.

Były to między innymi: dokładne dane o wysokości i prędkości lotu atakujących bombowców, o ich celach, głównych i drugorzędnych, jak również szczegóły dotyczące ich urządzeń zakłócających oraz sposobu unieszkodliwienia ich. A ponadto poinformowali szczegółowo o metodach tankowania dodatkowego paliwa, o systemach obronnych oraz liczbie pocisków defensywnych wiezionych przez każdy z bombowców i o sposobach posługiwania się nimi.

Przekazali owe wiadomości najszybciej, jak tylko mogli, i przekonali się, że radzieccy sztabowcy równie szybko przyjęli ich meldunki i zrobili z nich użytek.

Na amerykańskich wojskowych zrobiło to duże wrażenie. Skłaniało bowiem do wniosku, że radzieccy oficerowie sztabowi są ludźmi wykształconymi.

*** Baza Lotnicza w Burpelson

— Poddali się — powtórzył Ripper. W jego głosie znać było zarówno gniew, jak i urazę.

Mandrake ostrożnie dotknął jego łokcia.

— Zrobili, co mogli, Jack — powiedział. — To było

nieuniknione. Miejmy tylko nadzieję, że obyło się bez wielu ofiar.

Ripper przecisnął się obok niego, nie wypuszczając z lewej ręki ciężkiego karabinu maszynowego. Mandrake podążył za nim przez gabinet. Ripper spojrzał na swoje cygaro, spostrzegł, że zgasło, ale nie zrobił nic, żeby je znów zapalić. Włożył je ponownie do ust, a potem zwrócił głowę w kierunku Mandrake'a, który pochylał się nad nim z niepokojem i przyglądał z wielką troską.

Ripperowi zmienił się głos. Był to głos człowieka, którego z niepojętych dlań powodów zawiedli przyjaciele.

— To byli moi chłopcy i zawiedli mnie — powiedział.

— Zawiedli mnie. Czy zdaje pan sobie sprawę, że już wkrótce wejdą tu tamci?

— To nieważne, Jack — odparł beztroskim tonem Mandrake. — W końcu wiemy, że są po naszej stronie, mojej i pańskiej, prawda, Jack?

— Po naszej?

— No, naturalnie, naturalnie, że po naszej — zapewnił Mandrake.

Ripper przewiercał go wzrokiem, a twarz drgała mu już w kilku miejscach.

— Był pan kiedyś torturowany, pułkowniku? — spytał.

— A, owszem, w samej rzeczy, byłem — odparł Mandrake. A potem nachylił się i nagląco powiedział do Rippera: — Jack, mamy mało czasu, niech pan mi poda szyfr odwołujący te samoloty, niech mi pan go poda natychmiast, zanim nie będzie za późno.

— Kto pana torturował?

— Nieważne — odparł pośpiesznie Mandrake. — Jack, niech pan mi tylko poda ten szyfr odwołujący bombowce, zostało nam już niewiele czasu.

Ripper przesunął cygaro z jednego kącika ust w drugi.

— A jak pan zniósł tortury, pułkowniku? — spytał.

— Marnie — odparł prędko ściszonym głosem Mandrake.

— Rozumie pan, w końcu nikt ich nie jest w stanie wytrzymać.

— Co z pana wyciągnęli?

Mandrake zaśmiał się z zakłopotaniem.

— No, na dobrą sprawę nic takiego. Wątpię, czy tak naprawdę zależało im na wyciągnięciu czegoś. Można powiedzieć, że robili to raczej dla rozrywki.

Ripper wpatrzył się w niego przenikliwie.

— Gdzie to było?

— No, na kolei, wie pan — odparł Mandrake. — Budowaliśmy tory dla tych przeklętych japońskich ciuchci. Paskudne małe dranie. — Na chwilę zamilkł, coś rozważając. — Dziwne. Aż dziw bierze, że produkują tak diablo dobre aparaty fotograficzne. Jack, mój drogi, niechże mi pan poda ten szyfr, nie mamy wiele czasu.

Kiedy Ripper się odezwał, cygaro w jego ustach znów ożyło.

— Wkrótce tu wejdą. Ja też nie wiem, jak wytrzymam tortury. Mogą siłą wydobyć ze mnie ten szyfr.

Śmiech Mandrake'a stał się nerwowy, niemal histeryczny.

— Nie, Jack, nie zrobią tego. W każdym razie możemy temu zapobiec, prawda? Niech pan mi tylko przekaże w tej chwili ten szyfr, a wszystko będzie dobrze. Zobaczy pan.

Ripper spojrzał na niego. Oczy miał szkliste i bez wyrazu, prawie martwe. Głos bez życia.

— Dla mnie już nie będzie dobrze, nie po tym, co zaszło.

— Proszę tak nie mówić, Jack — powiedział prędko Mandrake. — Proszę mi tylko dać ten szyfr, ja go przekażę dalej, a potem zajmę się panem. W końcu takie rzeczy się zdarzają, Jack. Panu potrzebny jest tylko wypoczynek. Wie pan, zabiorą pana do miłego szpitala, a ci psychiatrzy potrafią działać cuda i ani się pan obejrzy, a będzie pan zdrów jak rybka. — W głosie Mandrake'a zabrzmiał naglący ton. — Zostało bardzo mało czasu. Proszę mi dać ten szyfr.

— Tu wcale nie chodzi o szyfr, on ich w ogóle nie interesuje. Wkrótce zjawią się tu i zabiorą mnie.

— Nie ma mowy, Jack — zaprzeczył Mandrake ze sztuczną werwą i ożywieniem. — Proszę zostawić to mnie. Niech tylko spróbują, to ich odeprzemy, tak jak poprzednio. Ja z panem, Jack, co? Pan będzie trzymał karabin maszynowy, tak jak przedtem, a ja będę panu podawał amunicję! Jack, proszę dać mi ten szyfr.

— „*Joe for king*", pułkowniku, „Ziutek królem", oto co wypisywali na ścianach — odparł Ripper. — A więc pan co, powiem panu coś: Joe nigdy nie zostanie królem. Joe nie żyje, pułkowniku, a gdyby nawet żył, to i tak wkrótce by zginął.

Ripper wstał, a wraz z nim Mandrake. Generał ruszył wolno przez gabinet. Puste skrzynki po amunicji zadzwoniły, kiedy powłócząc nogami szedł pośród nich. W lewej ręce ciągnął za sobą karabin maszynowy.

Mijając biurko wypuścił go z dłoni i karabin upadł na podłogę. Mandrake pośpieszył, żeby podnieść broń, i powiedział:

— Jack, pański karabin maszynowy. Nie chce go pan?

Ripper powoli, bez pośpiechu zdjął bluzę munduru. Mandrake oparł karabin o fotel.

— Proszę mi dać tę bluzę, Jack — zaproponował. — Potrzymam ją.

Ripper podał mu bez słowa bluzę, odwrócił się i jak automat skierował się do drzwi.

Mandrake podążył za generałem, niosąc jego zwiniętą bluzę na przedramieniu. Znalazłszy się przy drzwiach, Ripper zatrzymał się, odwrócił i oznajmił:

— Idę na spacer, pułkowniku. Nie wiem, jak to zniosę. Niech pan pamięta o czystości swoich treści ustrojowych i haśle „*Joe for king*". Niech pan pamięta, co ono oznacza.

A potem wyszedł przez drzwi i zatrzasnął je za sobą.

Przez chwilę Mandrake był zbyt porażony, by się ruszyć.

A potem szybko podszedł do drzwi i wybiegł na korytarz. Po Ripperze nie pozostało ani śladu. Szukał go przez kilka minut, ale na próżno. W końcu zniechęcony powrócił do gabinetu.

*** Centrum Dowodzenia

Jeśli nie liczyć szmeru elektronicznych urządzeń zmieniających wskazania na Wielkiej Tablicy, to w Centrum Dowodzenia panowała cisza, ponieważ odłożono na widełki wszystkie słuchawki telefoniczne i wszyscy zastanawiali się nad konsekwencjami tego, co powiedział radziecki ambasador. Wszyscy też wpatrywali się w niego.

— Machina Zagłady — powtórzył wolno i z godnością De Sadeski. — Tak właśnie powiedziałem i dokładnie to miałem na myśli. Z chwilą zdetonowania spowoduje wystarczająco dużo promieniotwórczych opadów, żeby w ciągu dwunastu miesięcy powierzchnia Ziemi stała się martwa jak powierzchnia Księżyca.

— Bzdury pan opowiada, De Sadeski — powiedział głośno generał Turgidson. — Nasze badania wykazują, że najgorsze opady radioaktywne obniżają się po dwóch tygodniach do w miarę bezpiecznego poziomu.

De Sadeski uśmiechnął się chłodno.

— A czy słyszał pan kiedyś o kobalto-torze G? — spytał.

— A o co chodzi?

— Jego okres połowicznego rozpadu wynosi dziewięćdziesiąt trzy lata — odparł De Sadeski.

Wokół stołu podniósł się gwar i wszyscy odruchowo przenieśli wzrok na starszego doradcę prezydenta, który reprezentował Komisję Energii Atomowej. Doradca na potwierdzenie skinął ponuro głową.

— Jeżeli weźmie się, powiedzmy, pięćdziesiąt bomb wodorowych o sile stu megaton — ciągnął De Sadeski — i pokryję je kobalto-torem G, to po wybuchu utworzą Całun Zagłady, śmiercionośną radioaktywną chmurę, która spowije Ziemię na dziewięćdziesiąt trzy lata.

Prezydent puścił mimo uszu pomruki siedzących przy stole.

— Panie ambasadorze — zwrócił się wprost do De Sadeskiego — obawiam się, że czegoś nie rozumiem. Czy to premier zagroził tym wybuchem, jeżeli nasze samoloty przeprowadzą atak?

— Nie, panie prezydencie — odparł z naciskiem De Sadeski.

— Czegoś takiego nie zrobiłby nikt przy zdrowych zmysłach. Machina Zagłady jest zaprojektowana w taki sposób, że uruchamia się samoczynnie!!!

— W takim razie premier z pewnością może ją jakoś rozbroić.

— Nie może! Jest zaprojektowana tak, że wybuchnie przy każdej próbie jej rozbrojenia!

Generał Turgidson prychnął z pogardą. Obrócił się do siedzącego obok pułkownika i powiedział cicho:

— To wyraźny podstęp komunistów. — Skinął głową w stronę prezydenta, a w jego głosie zabrzmiała gorycz. — A ten siedzi tu i marnuje cenny czas.

Prezydent Muffley był zdezorientowany. Nie potrafił objąć myślą tego, co powiedział De Sadeski. Chwilę zastanawiał się, zaczął mówić, zawahał się i znów zamyślił. De Sadeski przyglądał mu się beznamiętnie.

— Ależ to czyste szaleństwo, panie ambasadorze — powiedział wreszcie prezydent. — Dlaczego zbudowaliście coś takiego?

De Sadeski wymownie wzruszył ramionami.

— Byli wśród nas przeciwnicy tego planu, ale w końcu nie byliśmy w stanie dotrzymać tempa w Wyścigu Inicjatyw Pokojowych, Wyścigu o Podbój Kosmosu i w Wyścigu Zbrojeń. Nasze środki odstraszania zaczęły tracić wiarygodność.

Nasz naród sarkał, domagając się więcej nylonowych pończoch i szminek. A nasz Plan Zagłady kosztował zaledwie ułamek tego, co wydawaliśmy na te cele w ciągu roku. Jednakże o wszystkim zadecydowała wiadomość, że wasz kraj obrał ten sam kurs, my zaś obawialiśmy się powstania Luki Atomowej.

— Bzdury! Nigdy nie zatwierdziłem niczego podobnego!

— Naszym źródłem informacji był nowojorski *Times*.

Prezydent Muffley zwrócił się do dyrektora Badawczo-Rozwojowego Instytutu Uzbrojenia.

— Doktorze Strangelove, czy pracujemy nad taką bronią? — spytał.

Doktor Strangelove odpowiedział mu z niemiecką dokładnością. Swoje zapatrywania podkreślał nerwowymi gestami prawej ręki.

— Panie prezydencie, na mocy władzy, którą dysponuję jako dyrektor Badawczo-Rozwojowego Instytutu Uzbrojenia, w zeszłym roku zleciłem zbadanie takiego planu Korporacji Blanda. Na podstawie wyników ich raportu doszedłem do wniosku, że takie rozwiązanie w praktyce nie służy odstraszeniu z powodów, które w tej chwili są niewątpliwie aż nadto oczywiste.

Prezydent znużonym ruchem potarł czoło.

— To znaczy, że nie ulega żadnej wątpliwości, iż mogli zbudować coś takiego? Żadnej, najmniejszej wątpliwości? — spytał.

— Panie prezydencie — wtrącił się do rozmowy radziecki ambasador — środki techniczne potrzebne do tego celu są łatwo osiągalne nawet dla najmniejszej potęgi nuklearnej. Do zbudowania czegoś takiego potrzeba jedynie woli!

— Ale czy rzeczywiście jest możliwe, żeby to urządzenie uruchomiło się samoczynnie, a zarazem nie dało się rozbroić?

— Ależ tak! — odparł natychmiast doktor Strangelove, zanim radziecki ambasador mógł odpowiedzieć na pytanie. — Jest to nie tylko możliwe, panie prezydencie, ale i niezbędne. Na tym właśnie polega cały pomysł z machiną. Odstraszanie to sztuka wywoływania w duszy wroga strachu przed atakiem. Stąd też ze względu na zautomatyzowanie i nieodwracalność procesu podejmowania decyzji, który wyklucza ingerencję człowieka, Machina Zagłady jest przerażająca, zrozumiała dla każdego, a ponadto niezawodna i w pełni przekonująca.

Po drugiej stronie stołu generał Turgidson znów zwrócił się do siedzącego obok pułkownika.

— Co to w ogóle za nazwisko: Strangelove? — spytał. — Na pewno nie szwabskie.

— Przyjął je, kiedy dostał obywatelstwo Stanów Zjednoczonych — odszepnął mu pułkownik. — Przedtem nazywał się Merkwürdigichliebe.

Turgidson zachichotał nieprzyjemnie.

— No tak — powiedział. — Szwab jest zawsze Szwabem, co, Bill?

— A cóż to za dziwaczny pomysł, doktorze Strangelove? — spytał prezydent Muffley. — Jakże ona może uruchomić się samoczynnie?

— Można tego dokonać nadzwyczaj łatwo, panie prezydencie — odparł Strangelove. — Kiedy chce pan ukryć bomby najzwyczajniej w ziemi, to mogą one mieć dowolną wielkość. Nazwałbym je nie tyle bombami, co raczej po prostu mechanizmami. Po zakopaniu ich w ziemi zostają podłączone do olbrzymiego zespołu komputerów. Na taśmy spoczywające w bankach pamięci tych komputerów wprogramowane są specyficzne, ściśle określone zbiory okoliczności, w których bomby te wybuchną. Na pojedynczej rolce taśmy mieszczą się wszystkie informacje zawarte, powiedzmy, w dwudziestopięciotomowej encyklopedii i w ciągu piętnastu sekund można odszukać na niej potrzebną informację. Po to, żeby banki pamięci mogły ocenić, czy nastąpiła okoliczność wyzwalająca samoczynny mechanizm, są one połączone z rozległą siecią współzależnych czujników przekazujących informacje, a rozlokowanych na terenie całego kraju i krążących nad Ziemią satelitach. Czujniki te kontrolują ciepło, wstrząsy naziemne, dźwięki, ciśnienie atmosferyczne i radioaktywność.

Strangelove obrócił się tak, że patrzył prosto na De Sadeskiego.

— Jednego tylko nie rozumiem, panie ambasadorze — ciągnął. — Cały sens Machiny Zagłady bierze w łeb, jeżeli trzyma się ją w tajemnicy. Dlaczego nie obwieściliście o niej światu?

De Sadeski zwrócił się twarzą do niego.

— Miało to być ogłoszone w poniedziałek na zjeździe partii. Jak panu wiadomo, nasz premier uwielbia robić niespodzianki — powiedział cicho, lecz wyraźnie do prezydenta.

— Panie ambasadorze — rzekł prezydent Muffley — a więc wynika z tego, że jeżeli atak naszych samolotów dojdzie do skutku, owa machina zadziała?

Ambasador radziecki odpowiedział mu dobitnie i z pełnym przekonaniem. Wprawdzie ociągał się z odpowiedzią, ale ponieważ miał obowiązek jej udzielić, więc jej udzielił.

— Tak, panie prezydencie, wypali. Chociaż nie sądzę...

Generał Faceman, szef sztabu armii, wziął od adiutanta, który właśnie wszedł do sali, meldunek, prędko przebiegł go wzrokiem, a potem przerwał ambasadorowi.

— Wybaczy pan, panie ambasadorze. Zaczynają napływać wiadomości. Baza w Burpelson właśnie się poddała.

Prezydent z trudem przełknął obfitą ślinę. To mogło załatwić sprawę. Stać się przełomem, o jaki zabiegał.

— Dodzwoniliście się do tego dowodzącego generała? — spytał.

Generał Faceman emanował pewnością siebie. Nie mógł odmówić sobie spojrzenia na Turgidsona, który wcześniej oświadczył mu, że tej bazy można bronić w nieskończoność. Turgidson odwrócił wzrok.

— Dodzwonimy się za chwilę, panie prezydencie — odparł

Faceman. — Panie prezydencie, z ogromną przykrością muszę pana uprzedzić, że jeżeli nie uda się panu przekonać generała...

Na chwilę spuścił wzrok i rozgniótł w stojącej przed nim popielniczce papierosa, potem zaś dodał z przekonaniem:

— Jeżeli nie uda się panu przekonać generała, czy pozwoli mi pan porozmawiać z moimi żołnierzami? Mówię o tym z ogromną przykrością, ale mogliby oni, że się tak wyrażę, rozumie pan, skłonić go do wyjawienia tego szyfru.

*** Baza Lotnicza w Burpelson

Pułkownik Mandrake stał nieruchomo przy biurku Rippera. Twarz miał skamieniałą i tępym, przerażonym wzrokiem wpatrywał się w portfel ze zdjęciami. Już wcześniej zauważył, że Ripper ogląda ów portfel, ale zdjęcia w nim widział po raz pierwszy. Przedstawiały rodziców generała.

Kiedy z roztargnieniem przestawiał rozrzucone na biurku dowódcy przedmioty, jego uwagę przyciągnął nagle regulaminowy notatnik służbowy, na którym spostrzegł gryzmoły Rippera. Wziął go do ręki i przyjrzał się im bliżej. Wyraźnymi literami napisano na nim słowa „czystość treści". A wokół nich wyrysowane były dziwne ptaki, romby, trójkąty, karabiny oraz cyfra siedem. Było też tam zdanie „Joe for king", powtórzone sześć czy siedem razy.

Mandrake przypatrywał się temu z wielką uwagą, zwłaszcza zdaniom, które zapisał Ripper. W głowie zaczęła kiełkować mu pewna myśl.

Był tak pochłonięty snuciem domysłów, że nie zauważył wejścia krótko ostrzyżonego oficera. Był to pułkownik „Nietoperz" Guano, dowódca batalionu, który szturmował na Burpelson.

Guano wśliznął się do gabinetu ostrożnie, z karabinem wysuniętym do przodu i gotowym do strzału.

— „*Joe for king*" — mruczał właśnie do siebie Mandrake.

— Ciekawe. JFK... FJK... KFJ.

Guano przyjrzał mu się podejrzliwie.

— Dobra, żołnierzu — przemówił zdecydowanym, szorstkim głosem — co się tu, do diabła, wyrabia? Co to za mundur macie na sobie? Ręce do góry.

Mandrake rzucił mu roztargnione spojrzenie, a potem spojrzał raz jeszcze. Mruczał dalej: „JFK... KFJ... FJK", aż wreszcie pułkownik Guano wystrzelił dwa pociski, które utkwiły w biurku. Guano miał duże doświadczenie bojowe, uznał więc, że w ten sposób najskuteczniej uświadomi ten fakt jeńcowi. Przestraszony bliskością strzałów Mandrake prędko podniósł ręce.

— Migiem! Migiem! Ręce nad głowę żołnierzu! — polecił Guano. — Co to za mundur macie na sobie?

— Tak się składa, że jestem pułkownikiem Królewskich Sił Powietrznych, zastępcą generała Rippera, a nazywam się Lionel Mandrake.

— Trzymaj ręce w górze! Ręce w górze! A gdzie jest generał Ripper?

Mandrake pokręcił głową.

— Prawdę powiedziawszy, to generał Ripper niestety zniknął. — Zaśmiał się nerwowo. — Szkoda, prawdę powiedziawszy, że go przegapiliście. Można powiedzieć, że tu był i znikł.

Guano odwrócił się i podszedł do otwartych drzwi gabinetu. Ale idąc mierzył z karabinu do Mandrake'a, który też się odwrócił, żeby widzieć, co tamten robi. Guano wyjrzał na pusty korytarz, a potem szybko odwrócił głowę w stronę Anglika.

— A więc tak po prostu był tu i znikł, tak? — spytał.

— Tak jest — odparł skwapliwie Mandrake. — Proszę posłuchać, pułkowniku, może tak byśmy przestali bawić się...

— Myśli pan, że jesteśmy tutaj dla zabawy? — spytał beznamiętnie Guano, nie zdradzającym żadnych emocji głosem, głosem zawodowego żołnierza przyzwyczajonego do niemiłych widoków bitwy i gwałtownej śmierci. Patrzył na Mandrake'a podejrzliwie.

— Ależ panie pułkowniku, mam wspaniały pomysł w sprawie tego szyfru odwołującego bombowce. Domyślam się, jak on brzmi, i muszę natychmiast skontaktować się z Naczelnym Dowództwem Lotnictwa Strategicznego.

Ruszył w stronę telefonu.

— Ręce niech pan trzyma grzecznie na głowie, pułkowniku... jak tam pana nazwisko — ostrzegł złowieszczo Guano.

— Czy ma pan na to świadków?

Mandrake przełknął ślinę. Rozpaczliwie starał się opanować głos, żeby przekonać tego wojskowego.

— Proszę posłuchać, pułkowniku, w pewnym sensie pan w ogóle nie orientuje się w całej sprawie — powiedział. — Ale nie ma chwili do stracenia. Sądzę, że chodzi o jakiś wariant hasła „*Joe for king*". Był to jakby lejtmotyw. Może to być któryś z wariantów... JFK... FJK... JKF... KJF...KFJ...

Głos uwiązł mu w gardle, bo Guano przysunął karabin w jego stronę.

Pułkownik Guano zaczął nabierać przekonania, że ma do czynienia z wariatem. A poza tym dziwny mundur i długie włosy Mandrake'a wzbudziły w nim podejrzenia. Wiedział, że włosy zapuszczają zboczeńcy. A ponadto, że lubią się przebierać w wymyślne stroje.

— Oczywiście, kolego, oczywiście — powiedział uspokajającym tonem. — Tylko trzymaj ręce grzecznie i porządnie na głowie i wyjdźmy stąd. Dobra?

— Pułkowniku, czy pan wie, co się stało? — spytał prędko Mandrake.

— A teraz, kolego, tak jak powiedziałem, uspokój się i ruszaj.

— No cóż, wygląda na to, że nie całkiem zdaje pan sobie sprawę z sytuacji, prawda, pułkowniku? Czy pan wie, że generał

Ripper dostał fioła? Że posłał całe skrzydło bombowców do ataku na Rosjan?!

Guano w zamyśleniu przyjrzał się Mandrake'owi. Wiedział, że nie bez powodu rozkazano mu zaatakować bazę, ale machnął na to ręką.

— Tylko bez nerwów, kolego — ostrzegł.

— Pułkowniku — powiedział zdesperowany Mandrake. — Jeżeli nie załatwimy jakoś tej sprawy, cały świat może pójść do Abrahama na piwo!

Guano cofnął się o krok. Mandrake wpatrywał się w niego bacznie. Miał wrażenie, że pułkownik ma niejakie wątpliwości. Wykorzystując to, dodał prędko i dobitnie:

— Pułkowniku, niechże mi pan pozwoli skorzystać z tego ładnego czerwonego telefonu, który jest połączony z dowództwem Lotnictwa Strategicznego. Widzi pan?

Ruszył do telefonu przemawiając tak, jakby zwracał się do dziecka.

— A teraz, widzi pan, podnoszę słuchawkę, grzecznie i powoli, zgadza się? Halo? Halo?... Cholera, nie działa. Zdaje się, że trafiono w linię podczas walk.

Pułkownik Guano obserwował go niczym jastrząb.

— A teraz widzi pan, podnoszę słuchawkę zwykłego telefonu — powiedział Mandrake. Podniósł słuchawkę drugiego aparatu, który stał na biurku, i przyłożył ją do ucha. I wówczas spostrzegł, że kabel przecięła zbłąkana kula i telefon jest rozłączony. — Do niczego, to musiało się stać w trakcie tej kretyńskiej strzelaniny.

Z trzaskiem odłożył słuchawkę na widełki.

— A teraz posłuchaj mnie, ty ciemięgo — rzekł cicho Guano. — Na zewnątrz mam rannych żołnierzy, zmarnowałeś dość mojego czasu!

Mandrake był pewien, że wie, jak brzmi szyfr. Przestał więc nad sobą panować i wrzasnął na Guana:

— Cholera jasna, ty przeklęty amerykański kretynie! Czy

dotrze wreszcie do twojego tępego, żołnierskiego łba, że chodzi o piekielnie ważną sprawę?!

Pułkownik Guano cofnął się o krok. Jeszcze raz posłał kulę w blat biurka. A kiedy echo strzału przebrzmiało, powiedział:

— A teraz odsuń się od biurka, kolego, słyszysz?

Mandrake już się otrząsnął z wrażenia.

— Co pan sobie wyobraża, do diabła?! — spytał.

— Ruszaj.

Mandrake wzruszył ramionami. Z rękami na głowie przeszedł przez gabinet. Guano podążył za nim, celując z karabinu w jego plecy.

Mandrake wykonał półobrót w jego stronę.

— Pułkowniku, ponieważ jest jeszcze czas, muszę pana spytać, co pańskim zdaniem zaszło tu dziś rano.

— Jeżeli chcesz znać moje zdanie, to uważam, że jesteś zdegenerowanym zboczeńcem — odparł szorstko Guano. — Myślę, że generał Ripper odkrył twoje zboczenie, a ty zorganizowałeś bunt zboczeńców. Co więcej, w rozkazach, jakie otrzymałem, nie było najmniejszej wzmianki o samolotach atakujących Rosję. Kazano mi jedynie doprowadzić do telefonicznej rozmowy generała z prezydentem Stanów Zjednoczonych.

Mandrake odwrócił się do końca.

— Zaraz, właśnie, otóż to, z prezydentem! — wykrzyknął.

— A co z prezydentem?

Głos Mandrake'a stał się podniecony.

— Powiedział pan, że prezydent chce rozmawiać z generałem Ripperem, prawda? No, a Rippera tutaj nie ma, tak czy nie? Natomiast jestem ja, jego zastępca, więc prezydent równie chętnie zechce porozmawiać ze mną, rozumie pan? — Mandrake wskazał na znajdujący się w pobliżu automat telefoniczny. — Tam jest budka, a linia na pewno będzie czynna.

Guano wpatrzył się w niego z niedowierzaniem.

— Ty chcesz rozmawiać z prezydentem Stanów Zjednoczonych? Ty?! — spytał.

— Pułkowniku — odparł cicho, lecz zdecydowanie Mandrake — jeżeli natychmiast nie przestanie się pan zachowywać jak skończony kretyn i nie pozwoli mi skorzystać z tego telefonu, to zapewniam pana z całą mocą, że sąd śledczy dowali panu tak, że uzna się pan za szczęściarza, jeżeli skończy pan karierę w mundurze dozorcy klozetu!

Guano przełożył karabin z ręki do ręki. Spojrzał na Mandrake'a, potem na automat telefoniczny, a potem znów na Anglika.

— Dobrze — powiedział wolno i niechętnie — niech pan sprawdzi, czy zdoła się pan połączyć z tego automatu z prezydentem Stanów Zjednoczonych. Ale jeżeli spróbuje pan jakichś perwersyjnych sztuczek, rozwalę panu łeb!

Nie odpowiedziawszy mu, Mandrake wpadł do budki telefonicznej. Pogrzebał w kieszeni, znalazł dziesięć centów, wykręcił numer centrali i zaczekał, aż odezwie się telefonistka.

Kiedy się odezwała, natychmiast zaczął mówić.

— Halo, centrala? Tu pułkownik Mandrake z Bazy Lotniczej w Burpelson. Zdarzyło się coś bardzo ważnego i chciałbym otrzymać błyskawiczne połączenie z prezydentem Merkinem Muffleyem w Pentagonie, w Waszyngtonie, okręg Columbia... Nie, mówię jak najpoważniej... tak jest... tak jest, z prezydentem, z prezydentem Stanów Zjednoczonych. — Zamilkł. — Ile? Dwa dolary siedemdziesiąt pięć centów. Chwileczkę.

Szybko przeliczył drobne i przekonał się, że ma za mało pieniędzy, więc przetrząsnął kieszenie, ale nie miał więcej drobnych.

Stojący przed budką Guano przypatrywał się mu podejrzliwie. Trzymał karabin tak, że mierzył on w głowę Mandrake'a.

Mandrake gorączkowo mówił do słuchawki.

— Centrala, a czy za tę rozmowę może zapłacić odbiorca?... — spytał. — Tak jest, pułkownik Lionel Mandrake z Bazy Lotniczej w Burpelson. Co? Proszę posłuchać, niech im pani powie, że to strasznie ważne, dobrze? — Znów zamilkł. — Dobrze, jedną chwileczkę...

Nie wypuszczając słuchawki z prawej dłoni, lewą otworzył drzwi budki.

— Pułkowniku — powiedział — w Pentagonie nie wolno im przyjmować żadnych zamiejscowych rozmów płatnych przez odbiorcę. Potrzebuję pięćdziesięciu centów.

— Przecież nie zabieram ze sobą drobnych, idąc do walki, durniu — odrzekł z pogardą „Nietoperz" Guano.

Mandrake znów przemówił do słuchawki.

— Centrala, a ile kosztowałaby bezpośrednia rozmowa z automatu?... Aha, i tak zabrakłoby mi dwadzieścia centów. Nie może mnie pani połączyć? To strasznie ważne.

Wysłuchał odpowiedzi i rzekł:

— Dobrze, jedną chwileczkę, spróbuję zdobyć. — Przykrył dłonią mikrofon słuchawki i zwrócił się w stronę Guana. Ponad ramieniem pułkownika dostrzegł automat z coca colą, z którego korzystał w przeszłości. Nagle pojawiła się nadzieja. — Pułkowniku — powiedział — niech pan odstrzeli zamek tego automatu z coca colą. Jest w nim z pewnością dużo drobnych.

Pułkownik Guano nie zareagował.

— To własność prywatna, pułkowniku — oświadczył.

— Pułkowniku — powiedział z naciskiem Mandrake — niechże pan pomyśli, jak to wpłynie na pańską karierę, kiedy sąd śledczy dowie się, że tak skutecznie udaremnił mi pan rozmowę z prezydentem. Chwileczkę... — odezwał się znów do telefonistki — wiem, że gdzieś mam drobne.

Guano wyczuł z tonu jego głosu, że pułkownikowi bardzo zależy na tej sprawie. A co mi tam szkodzi, pomyślał, i tak przecież tyle tu strzelano. A poza tym, może ten facet rzeczywiście ma ważną sprawę. Odwrócił się i ostrożnie celując, niemal ze skruchą strzelił dwa razy w pojemnik z monetami w automacie z coca colą.

Na podłogę spadł deszcz monet.

Natomiast twarz pułkownika obryzgał strumień coca coli. Mandrake przejechał dłonią po podłodze i podniósł garść monet.

— Ma pan chusteczkę? — spytał Guano.

— A pan nie ma własnej? — odparł chłodno Mandrake.

— Idąc do walki nie zabieram ze sobą również chusteczek — oświadczył Guano.

— Nie ma czasu. — Mandrake wpadł do budki i chwycił słuchawkę. — Centrala... centrala... centrala, co się z panią tam dzieje, do diabła... No, to znaczy, chciałem tylko powiedzieć, że to diablo ważna sprawa. Nie, bynajmniej się nie wyrażam... A skąd mogę wiedzieć, co pani uważa za wyrażanie się... A teraz proszę, błagam panią, niech mnie pani połączy. Już mam te drobne.

Mandrake wsunął monety w otwór i niecierpliwie czekał na połączenie.

Usłyszał klekot odległych połączeń, a potem odezwał się kobiecy głos:

— Dudley trzy, trzy, trzy, trzy, trzy.

— Muszę rozmawiać z prezydentem — powiedział szybko Mandrake. — Mam pilną wiadomość. Proszę mnie szybko połączyć.

— A kto mówi? — spytano.

— Pułko... nieważne, dzwonię z Bazy Lotniczej w Burpelson. Przekona się pani, że zechce z nami rozmawiać... Dobrze, zaczekam. Ale proszę to załatwić jak najszybciej.

Guano starł już z twarzy większość płynu i wytarł dłonie w swoją poplamioną panterkę. Wsadził głowę w drzwi budki i spytał podejrzliwie:

— Co się dzieje?

— Połączyłem się z Pentagonem. Próbują skontaktować się z prezydentem — odparł Mandrake.

Guano odszedł i oparł się o ścianę naprzeciwko budki. W dalszym ciągu przyglądał się Mandrake'owi z podejrzliwością.

Z drugiego końca drutu dobiegł Mandrake'a trzask, kiedy podniesiono słuchawkę.

— Halo, tu Baza Lotnicza Burpelson — powiedział. — Czy to prezydent?... — spytał i po namyśle dodał: — Tak, panie prezydencie?

— Nie, nie prezydent — odparł niski basowy głos. — Czy to Burpelson?

— Tak, tu Burpelson, ale chcę rozmawiać z prezydentem — oświadczył Mandrake.

— Może pan przekazać wiadomość mnie.

— A na jakiej podstawie?

— Bo tak mówię, Burpelson. Dla waszej wiadomości, jestem adiutantem generała Facemana. Prezydent rozmawia z drugiego telefonu.

Mandrake zastanawiał się przez chwilę. Spojrzał na zegarek i stwierdził, że bombowce już na pewno znajdują się blisko swoich celów.

— No dobrze — powiedział — ale proszę pamiętać, że to diablo ważna sprawa, to znaczy, wiadomość musi zostać przekazana natychmiast, bo inaczej wszyscy znajdziemy się w wielkich opałach.

— Zostanie przekazana.

— Wobec tego przekazuję ją — odparł Mandrake. — Wiecie już, że biedny generał Ripper kompletnie oszalał i wysłał skrzydło bombowców na Sowietów?

— Wiemy.

— No więc myślę, że chodzi o szyfr „*Joe for king*".

— Proszę powtórzyć, o co chodzi — powiedział głos w słuchawce. — Mieliśmy zakłócenia. Zdaje się, że powiedział pan „Joe King".

— Nie, nie, nie — zaprzeczył rozpaczliwie Mandrake. — Ale to nieważne, sądzę jednak, że szyfrem odwołującym bombowce jest, jak się przekonacie, jedna z kombinacji liter JFK oraz numer fluoru na tablicy okresowej pierwiastków... Nie, ja nie znam tego numeru, ale na pewno macie w Pentagonie ludzi, którzy go znają.

— Chwileczkę, ustalmy to sobie — powiedział głos. — Sądzi pan, że szyfr odwołujący bombowce jest kombinacją liter JFK i numeru chloru?

— Nie! — wykrzyknął zirytowany Mandrake. — Fluoru!

— Fluoru?

— Tak — zawołał Mandrake. — Fluoru. F-l-u-o-r-u. Fluoru.

— I wierzy pan, że to jest to?

— To — odparł z przekonaniem Mandrake.

— Dobrze, przekażę.

Mandrake usłyszał trzask przerywanego połączenia. Odwiesił słuchawkę i wyszedł z budki.

Guano patrzył na niego z nieco mniejszą podejrzliwością niż poprzednio.

— Połączył się pan z nim? — spytał. — Rozmawiał pan z prezydentem?

— Nie — odparł Mandrake. — Rozmawiałem z adiutantem generała Facemana. Przekaże mu wiadomość.

— W porządku — powiedział Guano. — No cóż, być może pomyliłem się co do pana, ale niech pan nie próbuje żadnych sztuczek, dobrze? Wyjdźmy razem i spróbujmy odnaleźć generała Rippera.

Mandrake z roztargnieniem przygładził włosy. Nagle uświadomił sobie, że jest nieregulaminowo ubrany.

— Panie pułkowniku — powiedział — chciałbym tylko wrócić na chwilę do swojego biura i odnaleźć czapkę. Nie mogą mnie zobaczyć bez przepisowego nakrycia głowy.

— No dobrze, ale prędko — zgodził się Guano. — Musimy odnaleźć generała.

Poszli szybko do biura Mandrake'a, który wziął stamtąd czapkę lotniczą i włożył ją na głowę. Zadzwonił telefon. Mandrake podniósł słuchawkę i odezwał się:

— Słucham, zastępca dowódcy. Czym?... Pięć minut temu.

Rozumiem. — Odłożył słuchawkę i zwrócił się do Guana. —
Nie widzę wielkiego sensu szukać dłużej generała Rippera, pułkowniku.

— A to czemu, do diabła? — spytał Guano, natychmiast
od nowa nabierając podejrzeń.

— Ponieważ — zaczął mówić wolno Mandrake — właśnie
odleciał osobistym samolotem. On mało, że jest szalony, to na
dodatek pijany jak cztery dziewki.

*** *Kolonia Trędowatych*

Porucznik Goldberg zakończył kontrolę EZFC.

— Starałem się go rozpracować, King, ale to beznadziejne
— oznajmił. — Cały sprzęt radiowy wysiadł, jak już mówiłem,
i nie umiem go naprawić.

Spuścił wzrok na beznadziejnie potrzaskane i poskręcane
wnętrzności EZFC, z którego zdjął przednią ściankę.

— Co się stało, Goldy? — spytał King.

Goldberg przyjrzał się aparaturze i pokręcił głową.

— Być może oberwał samoniszczący mechanizm zabezpie-
czający i wybuchł samoczynnie — odparł.

— No cóż, trudno, w tej chwili za bardzo się tym nie przej-
mujmy — powiedział King. — Co z naszymi ogniami sztuczny-
mi, Lothar?

Lothar Zogg zerknął szybko na światełka elektronicznych systemów pokładowych.

— Wszystko wskazuje na to, że działają.

— Sweets?

— W porządku, King.

— A środki zakłócania, Dietrich?

Dietrich przyjrzał się uważniej swojej aparaturze.

— Środki zakłócania w porządku — odparł wolno.

— Dobra, trzymaj je na maks. Myślisz, że zakłócisz ich radary?

— Niewiele radarów wykryłoby nas tak nisko — odparł Dietrich — ale czymkolwiek tam oni dysponują, jest pewne jak w banku, że to coś zakłócimy.

— Dobra, tylko tak dalej — powiedział King. — Goldy, powiadasz, że wysiadł nam cały sprzęt radiowy?

— Wysiadł — potwierdził stanowczo porucznik Goldberg.

— Nie potrafię naprawić EZFC.

— To napraw jakiś inny.

— Posłuchaj, King — zaczął tłumaczyć cierpliwie Goldberg — podczas takiej akcji awaria tego sprzętu niczego nie zmienia. Pozostałe radia mogą sobie być sprawne, ale kiedy rozwalony zostaje EZFC, to i tak nie można z nich korzystać. Po prostu nie dojdą do nas żadne rozkazy.

— Jesteś pewien?

— Jestem pewien.

— A możemy nadawać?

— No cóż, być może. Tego nie wiem — odparł Goldberg.

— Dobra, nie ma o czym mówić, Goldy — powiedział King.

— Uważam, że od tej chwili nie potrzebujemy już żadnych informacji. A zresztą, cóż tamci mieliby nam jeszcze do powiedzenia, jak Boga kocham.

— No, mogliby nam powiedzieć, że wojna skończona — wtrącił Sweets Kivel.

— Żartujesz sobie? — spytał Lothar Zogg.

— A owszem, żartuję — przyznał Kivel.

King spojrzał przed siebie na trudny teren, nad którym miał przelecieć. Był fachowcem, wytrawnym pilotem, który potrafi znaleźć rozwiązanie tam, gdzie wszyscy inni opuszczają ręce. Był przekonany, że doleci do celu i zrzuci ładunek. Pochylił się w fotelu i skoncentrował, a pod bombowcem migała jak błyskawica ośnieżona ziemia.

*** Centrum Dowodzenia

W Centrum Dowodzenia uwaga wszystkich zasiadających wokół stołu była skupiona na dużym ekranie przedstawiającym mapę Rosji. Na ich oczach proste jak strzały linie wskazujące wyliczone trasy lotu nagle zaczęły się odchylać i zmieniać kienek.

W sali rozbrzmiewały w tle odgłosy transmisji na falach krótkich, którą jakiś zapaleniec dał na głośniki, żeby wszyscy mogli usłyszeć, jak załogi bombowców potwierdzają otrzymanie szyfru odwołującego atak. Wokół stołu rozległy się radosne okrzyki, jakie słyszy się po zwycięstwie w wyborach. Sąsiedzi poklepywali się nawzajem po plecach, nastrój był wyśmienity.

Wzorcowy meldunek radiowy brzmiał następująco: ZROZUMIANO, SIEDEM—DWA ZEBRA SPRAWNY, PRZYJMUJĘ I POTWIERDZAM. POTWIERDZAM ODWOŁANIE ZADANIA, WRACAM DO BAZY.

Prezydent przystawił do twarzy inhalator, prędko go odsunął i spojrzał na siedzącego po drugiej stronie stołu generała Facemana.

— Jak się nazywał ten oficer, który zadzwonił do mnie z Burpelson? — spytał.

— Ja z nim nie rozmawiałem, panie prezydencie — odparł Faceman. — Ale tym batalionem powietrzno-desantowym dowodził pułkownik Guano. Przypuszczam więc, że to właśnie on dzwonił.

— Chcę, żeby tego oficera awansowano do stopnia generała brygady i przywieziono samolotem do Waszyngtonu. Pragnę go osobiście odznaczyć.

— Tak jest, panie prezydencie.

Prezydent obrócił się do Turgidsona.

— Niech pan mnie zawiadomi, kiedy wszystkie samoloty potwierdzą swój powrót.

— Potwierdziły już prawie wszystkie — odparł natychmiast Turgidson.

— Tak? — Prezydent spojrzał na Wielką Tablicę. — Ile samolotów straciliśmy?

Turgidson również spojrzał na Wielką Tablicę. Oblizał wargi.

— Nie jesteśmy pewni, panie prezydencie — odrzekł. — Widzi pan, Wielka Tablica pokazuje tylko ich wyliczone pozycje w czasie lotu. Pokazuje prawidłowe kursy samolotów, którymi by leciały. Pokazuje też cztery zestrzelenia, ale polegamy w tej mierze całkowicie na meldunkach nieprzyjaciela.

— Rozumiem.

Generał Turgidson nagle wszedł na fotel i poprosił o ciszę. A kiedy Wielka Tablica nadal pokazywała, jak bombowce zawracają i oddalają się od swoich celów, powiedział:

— Panowie, panowie!

Wszyscy skupili uwagę na nim. Zrobiło się bardzo cicho.

— Panowie — rzekł podniosłym tonem — z natury nie jestem uczuciowy, ale wydaje mi się, że wiem, co się dzieje w sercach wszystkich obecnych w tej sali. — Urwał, a po chwili mówił dalej. — Panowie, chciałbym zaproponować, żebyśmy padli na kolana i zmówili krótką dziękczynną modlitwę za nasze ocalenie.

Prezydent z wielką powagą skłonił głowę, odsunął od siebie fotel i wolno ukląkł. Niebawem klęczeli już wszyscy, oprócz De Sadeskiego i doktora Strangelove'a. Strangelove uczynił ruch, jakby się pochylał, mając przy tym niejakie trudności z przytrzymaniem prawej ręki, która zdradzała wyraźną ochotę, żeby poderwać się w górę.

De Sadeski rozejrzał się po sali.

— Proszę wybaczyć — rzekł z pewnym lekceważeniem — ale niestety mam znacznie pilniejsze sprawy do załatwienia.

Zebrani zaszemrali gniewnie i z niedowierzaniem.

Nie przejąwszy się nimi, De Sadeski ciągnął:

— Zanim jednak opuszczę panów, pragnę oświadczyć jednoznacznie, że rządu mojego kraju nia zadowoli list z wyrazami ubolewania i przeprosinami za tę oburzającą napaść na miłujących pokój ludzi radzieckich.

Prezydent wstał wolno. Zamyślony, nie odwracając oczu od De Sadeskiego, wziął głęboki oddech, korzystając z inhalatora. W całej sali rozległy się komentarze.

Turgidsona: „No nie, wystarczy tego dobrego".

Randolpha: „Zafajdany komuch".

Prezydent Muffley wolno podniósł ręce, nakazując ciszę. Gwar komentarzy ścichł.

— A niech pana diabli wezmą, De Sadeski! — powiedział prezydent. — Niech pana diabli! Sprawcą tego zamieszania był jeden człowiek, osobnik niezrównoważony psychicznie, a my przecież nie mamy monopolu na wariatów!

Zachmurzony De Sadeski uśmiechnął się szyderczo.

— To bardzo wygodnie zwalić winę na kogoś, kogo tu nie ma i nie może odpowiedzieć na zarzuty — odparł.

— Jak pan śmie zwracać się do mnie w taki sposób! — Prezydent naprawdę wpadł w gniew, który, co wiedzieli znający go z konferencji z przywódcami politycznymi, bywał gwałtowny.

— Niech pan nie podnosi na mnie głosu, panie prezydencie — rzekł chłodno De Sadeski.

— Ostrzegałem przed takim niebezpieczeństwem od lat — oświadczył prezydent. — W czasie tych bezowocnych konferencji rozbrojeniowych w Genewie domagałem się tego wielokrotnie.

— Ba! — skomentował z lekceważeniem De Sadeski. — Wy nigdy nie chcieliście się rozbroić. Zrujnowałoby to waszą gospodarkę.

— Bzdury! Wszystkie zaoszczędzone pieniądze moglibyśmy przeznaczyć na szkoły, autostrady i badania kosmosu.

Również De Sadeskiego ogarnęła złość i rozdrażnienie.

— Wam zawsze chodziło tylko o szpiegowanie mojego kraju — oświadczył.

Gniew Muffleya wzrósł.

— Pan wie, że to kłamstwo, De Sadeski. Jak możecie wymagać od nas, żebyśmy zniszczyli swoją broń, kiedy nie mamy zielonego pojęcia, co wy tam majstrujecie w swoim kraju?!

— A wy, panie prezydencie, nie możecie oczekiwać po nas, że pozwolimy wam na szpiegowanie naszego kraju, jeżeli nie zniszczycie swojej broni!

Prezydent milczał przez kilka dobrych sekund. Pobladł na twarzy, a mała żyłka na skroni mocno mu pulsowała. Potem wybuchnął.

— Niech pan posłucha, De Sadeski! Pomimo całkowitego braku zaufania oraz wzajemnych podejrzeń, nasze dwa kraje darzą się niewiarygodnym zaufaniem — zaufaniem o wiele większym, niż nakazywałoby to rozbrojenie czy inspekcje. Ufamy sobie nawzajem po to, żeby zachować równowagę strachu, żeby postępować rozumnie i nie robić niczego, co mogłoby wywołać wojnę przez przypadek, błąd w obliczeniach bądź szaleństwo. A jest to przecież zaufanie niedorzeczne, bo nawet jeżeli przyjąć, że my i wy mamy jak najlepsze zamiary, to szczerze mówiąc, nie możemy zagwarantować niczego. Istnieje zbyt wiele możliwości pomyłki technicznej albo ludzkiej. Czyż to nie zdumiewające, że los świata zależy od czyjegoś stanu umysłu, nastroju, samopoczucia, chwili gniewu, odruchu, dziesięciu minut błędnej oceny sytuacji, nieprzespanej nocy.

Prezydent ponownie wyjął chusteczkę i głośno wysmarkał nos. Na policzki powrócił mu lekki rumieniec, ale nadal piorunował wzrokiem De Sadeskiego.

— A więc, na czym opiera się ta nadzieja? — ciągnął spokojniejszym tonem. — Narody zawsze postępowały nikczemnie. Wielkie narody zawsze zachowywały się jak gangsterzy, a małe jak prostytutki. Jak historia długa posługiwały się przekupstwem, groźbą, mordem. W tej chwili zaś bomba nuklearna stanowi większe zagrożenie dla wszystkich narodów niż one same dla siebie. Nawet rozbrojenie to za mało. Nigdy już nie uwolnimy się zupełnie od tej bomby, ponieważ zachowamy wiedzę, jak ją zbudować. Jeżeli nie znajdziemy sposobu, jak stworzyć nowy system prawa i etyki międzynarodowej, to z pewnością zniszczymy się nawzajem, tak jak o mały włos nie zrobiliśmy tego dzisiaj.

De Sadeski pozostał niewzruszony. Właśnie miał odpowiedzieć, kiedy Staines mocno pociągnął prezydenta za rękaw.

— Panie prezydencie — powiedział — dzwoni znów radziecki premier Kissoff. Wrócił do swojego biura.

Prezydent jeszcze raz spojrzał na De Sadeskiego, a potem wyciągnął rękę i wziął słuchawkę.

*** *Kolonia Trędowatych*

Kolonia Trędowatych leciała niewiele stóp nad ziemią.

King uśmiechnął się. To dopiero było latanie! Spojrzał przed siebie i zobaczył, że musi skręcić w dolinę pomiędzy dwoma dużymi wzniesieniami terenu.

— Sweets, teren przed nami wygląda na bardzo nierówny — powiedział.

— Dalej będzie łatwiejszy, King — odparł Sweets.

— Dobra.

King z wprawą pilotował bombowiec przez dolinę. To dopiero było prawdziwe latanie!

— King — odezwał się Sweets — tu, na dole, w dalszym ciągu zużywamy za dużo paliwa. Kiedy dolecimy do głównego celu, czeka nas długi marsz.

— No i dobrze, to się przejdziemy — wtrącił porucznik Goldberg.

— Ja mogę iść — powiedział Dietrich i przesunął się, żeby spojrzeć na Asa Owensa.

— No cóż, kto nie ma w głowie, ten ma w nogach — rzekł Lothar Zogg.

Dietrich pochylił się nad Asem. Wstrzyknął mu już ampułkę morfiny, którą mieli w samolocie.

— King, As śpi — poinformował, kiedy wrócił na swoje stanowisko.

— No, to dobrze.

— Tak, ale jakoś gorzej oddycha.

— To źle — odparł King marszcząc czoło.

— Źle — przyznał Dietrich.

— EZFC całkowicie wysiadł, King — oznajmił porucznik Goldberg. — Za nic nie potrafię zmusić go do pracy i cześć.

— Dobra, Goldy, daj sobie z tym spokój — odparł uspokajająco King.

— Dać sobie spokój? — upewnił się Goldberg.

— Jasne, że tak. Jak myślisz, po co jeszcze chcieliby z nami rozmawiać?

Sweets Kivel zakończył jakieś obliczenia.

— King — odezwał się. — Zużycie paliwa nadal jest fatalne.

— Zrozumiałem — odparł King.

— Możemy polecieć wyżej?

King spojrzał na teren przed bombowcem. Rozważył pytanie Sweetsa.

Po mistrzowsku przechylił samolot na lewą burtę, żeby ominąć długie zbocze, które pędziło w ich stronę.

— Posłuchaj, Sweets, sprawa wygląda prosto — odparł, kiedy wyprostował samolot. — Przy włączonym zakłócaniu i locie tuż nad ziemią wątpię, czy wykryją nas radarami, a powinniśmy dolecieć do głównego celu. Wiem już, że lecąc tak nisko spalamy mnóstwo paliwa i że może nam go nie starczyć na dolecenie do najbliższej bazy. Uważam jednak, że po ataku na główny cel skierujemy się w stronę wybrzeża, a tam, kiedy skończy się paliwo, wyskoczymy na spadochronach.

— No cóż, skoro uważasz, że to dobre rozwiązanie, więc ja też — odparł Sweets.

Śledzący bacznie swój radar Dietrich położył na ekranie przezroczystą pokrywę i sprawdził zegar. Na umieszczonej na pokrywie podziałce pojawiły się trzy świetlne punkty. A po chwili zobaczył, że pojawił się czwarty świetlny sygnał.

— Mam tu cztery sygnały, King — poinformował naglącym tonem. — To na pewno myśliwce.

— Lecą kursem przechwytującym?

— Jak najbardziej. Zbliżają się z wielką prędkością, dokładnie kursem przechwytującym.

— Musieli mieć szczęście i dostrzegli nas wzrokiem.

— To na pewno myśliwce — dodał Dietrich. — Prędkość zbliżania się jeden i osiem macha. Odległość trzydzieści mil. Wysokość piętnaście tysięcy stóp.

— Mówisz, że cztery?

— Tak jest, cztery.

— Jak wyraźnie widzą nas z tej wysokości? — spytał w zadumie King. — Lecimy na tyle blisko ziemi, że nasze echo radiolokacyjne zmieszało się z jej echem. Tak jak mówię, na pewno mieli szczęście i wykryli nas wzrokiem. Jesteś pewien, że nas gonią?

Dietrich zrobił jeszcze jeden znaczek na pokrywie i odparł:

— Tak jest, jestem pewien. Schodzą w dół, zeszli już na jedenaście tysięcy stóp, lecą ciągle kursem przechwytującym.

— Możliwe, że oprócz radaru mają również termolokator — wtrącił prędko porucznik Goldberg. — W zeszłym miesiącu tych dwóch gości z ochrony przeciwlotniczej zrobiło nam wykład na ten temat.

— Owszem, możliwe — odparł King. — Jaka jest odległość?

— Dwadzieścia mil.

— Przygotuj się do odpalenia pocisków.

— Ilu, King?

— Ile uznasz za konieczne.

— Dobra — powiedział Dietrich — przygotuję pociski od jednego do ośmiu. Zostaną nam jeszcze cztery, na wypadek gdyby, zanim zdążylibyśmy dolecieć do celu, pojawił się jeszcze jakiś myśliwiec.

— Zrozumiałem, od pierwszego do ósmego — potwierdził King.

Odpalenie pocisków było sprawą tandemu Goldberg-Dietrich. Głównie odpowiadał za to Dietrich, ponieważ właśnie on nadzorował radiolokator wykrywający. Ale na Goldbergu spoczywała odpowiedzialność za dopilnowanie, żeby pociski powietrze-powietrze zostały uzbrojone i przygotowane do wystrzelenia.

— Dobra, przygotuj pociski od jednego do ósmego — polecił Dietrich.

Goldberg szybkim ruchem przesunął przełączniki, które miał przed sobą.

— Pociski od jednego do ósmego gotowe — zameldował.

Dietrich umieścił przezroczystą pokrywę na ekranie radiolokatora i śledząc, jak sygnały przemykają wzdłuż linii wyżłobionej w diapozytywie, rozkazał:

— Pociski od jednego do ósmego salwą pal!

Porucznik Goldberg nacisnął guzik.

Rakiety wyleciały spod ogona bombowca. Ponad nimi dwie czarne kopułki radaru poprowadziły je w początkowej fazie lotu, co umożliwiało nakierowanie ich na myśliwce. Z chwilą odnalezienia przez nie celu dalsze kierowanie nimi nie było potrzebne. Ich system wykrywający był na tyle czuły, że mogły trafić atakujący myśliwiec już bez sterowania z bombowca. Trzeba im było wyznaczyć tor lotu, ale nie trzeba ich było prowadzić „za rączkę".

— Pociski odpalone! — zameldował Dietrich.

— Zrozumiałem.

Dietrich i Goldberg wpatrywali się w ekrany radiolokatorów, a sygnały oznaczające pociski zaczęły się przybliżać do atakujących samolotów.

Przeleciawszy szybko przez ekrany, sygnały zlały się ze świetl-

nymi punktami oznaczającymi myśliwce. Przy zetknięciu się
z nimi punkty te rozjarzyły się jasno na sekundę i znikły.
— Trafiliśmy je! — oznajmił Dietrich.
— Trafiliśmy wszystkie!!! — zawołał Goldberg.
Raptem jeszcze jeden wybuch wstrząsnął *Kolonią Trędowatych*.
Na tyłach przedziału nawigacyjno-bombardierskiego zapło-
nął niewielki ogień. Lothar Zogg nacisnął jakiś guzik i chwy-
cił gaśnicę.

Kabinę pilotów znów wypełnił dym, ale bardzo szybko się
rozproszył, wyssany przez dziury w kadłubie bombowca.
— Cholera, co to było? — spytał King.
— Jeden z tych myśliwców musiał coś wystrzelić, zanim go
trafiliśmy — odparł porucznik Goldberg.
— A co z Asem?
— Ciągle śpi — poinformował Dietrich.

Kiedy dym przesłonił widok Kingowi, ten zmuszony był
przyciągnąć stery. Lecz teraz, kiedy uleciał, King ponownie
sprowadził *Kolonię Trędowatych* tuż nad ziemię.
— Sprawdźcie uszkodzenia — polecił załodze.
— Nisko w prawej burcie mamy następną dziurę — oznajmił
Lothar Zogg.
— Sprzęt?
— Wygląda, że jest w porządku.
— Mój działa — zawiadomił Sweets Kivel.
— A twój, Joe?
— Nie lepiej niż dotąd, King. EZFC nadal zepsuty, ale
sprzęt Dietricha pracuje dobrze.
— A gdzie, do diabła, jest Dietrich? — spytał King, w któ-
rego głosie zabrzmiała nuta irytacji.
— Och, jestem tutaj, przy Owensie — odpowiedział natych-
miast Dietrich. — Zakłócenia pilnuje Goldy, rozumiesz, a ja
pomyślałem, że dobrze byłoby zająć się Asem.
— No, dobra — odparł nieco udobruchany King. — Wcale
nie chcę, żebyś go zaniedbywał.

— Ja bynajmniej go nie zaniedbuję!

— King — wtrącił się do ich rozmowy Sweets Kivel — czy zwróciłeś uwagę na poziom paliwa?

King spojrzał na paliwomierze. Rzecz wydawała się niemożliwa, ale fakt pozostawał faktem.

— Na pewno oberwaliśmy w prawy zbiornik, no nie, Sweets? — zagadnął.

— Na to wygląda, King — odparł nawigator. — Może w zbiorniki, a może w przewód paliwowy. W tej chwili nie znam odpowiedzi.

King spojrzał na portrety przodków.

— Ani ja — przyznał — ale, cholera, na pewno się w tym połapię.

— King — odezwał się nagle Dietrich. — As nie żyje.

— Psiakrew, jak to nie żyje?!

— Nie żyje i tyle — odparł opanowanym głosem Dietrich.

— Do diabła! Dobry był chłop z tego Asa, ale to wojna, chłopcy!

Porucznik Goldberg pomógł porucznikowi Dietrichowi zamknąć Asowi Owensowi oczy i przykryć go kocem.

— Tak — powiedział — to wojna.

*** Centrum Dowodzenia

Wszyscy siedzący przy wielkim stole pilnie przysłuchiwali się rozmowie prezydenta Muffleya z radzieckim premierem.

— Halo? Premier Kissoff? — spytał prezydent. — Tak jest, mówi Merkin. — Zmarszczył brwi. — O nie, to na pewno jakaś pomyłka. Nieee, tak jest, zrozumiałem pana, ale proszę zaczekać jedną chwileczkę. — Spojrzał na generała Turgidsona.

— Radziecki premier twierdzi, że jeden samolot leci dalej, a radzieccy sztabowcy są zdania, że jego celem może być Laputa.

Generał Turgidson uśmiechnął się.

— No nie, to niemożliwe, panie prezydencie. Proszę spojrzeć na Wielką Tablicę. Atakowały trzydzieści cztery samoloty, trzydzieści potwierdziło odwołanie ataku, cztery zestrzelono, a jeden z tej czwórki leciał na Laputę.

— Halo, Dymitr? — powiedział prezydent Muffley do słuchawki. — Tak, owszem, ale otrzymaliśmy potwierdzenia od wszystkich samolotów, z wyjątkiem czterech, które zestrzeliliście... Jak to trzy?... To znaczy, że jest uszkodzony i leci dalej?... Rozumiem, proszę chwileczkę zaczekać, dobrze?

Prezydent ponownie spojrzał na Turgidsona.

Wokół stołu podniósł się gwar, bo zebrani zaczęli omawiać te wieści.

Ale na generale nie zrobiły one wrażenia. Z uwagą studiował Wielką Tablicę. Według jego oceny zagrożenie Ameryki poważnie wzrastało. Nie zważając na rozmowę prezydenta na temat czwartego bombowca, który mógł być uszkodzony, a mimo to leciał dalej, oświadczył:

— Panie prezydencie, chciałbym zwrócić pańską uwagę na ponad pięćset samolotów nieprzyjaciela koncentrujących się nad Arktyką.

Prezydent odwrócił się gwałtownie wraz z fotelem i całą uwagę skupił na Wielkiej Tablicy. Kiedy się obracał, na kilku ekranach zaszły zmiany wskazujące, że kontynentowi północnoamerykańskiemu zaczyna zagrażać zewsząd coraz więcej bombowców i okrętów podwodnych.

— Panie prezydencie, zaczynam w tym wietrzyć gruby, wielki komunistyczny podstęp — oświadczył głośno generał Turgidson. — Przypuśćmy, że Kissoff kłamie nam co do tego czwartego samolotu i tylko szuka pretekstu, żeby w nas uderzyć. Jeżeli złapiemy się na to guano, to dopiero będzie klops.

Rozkojarzony prezydent skwitował tę uwagę Turgidsona wzruszeniem ramion, wpatrując się pilnie w ekran z mapą Rosji. Trasy lotu trzydziestu czterech bombowców, które tam przedtem widniały, zniknęły. Ale nie zniknął tor lotu jednego, który podążał nadal w stronę głównego i drugorzędnego celu ataku. Prezydent znów przemówił do słuchawki.

— Halo?... Wie pan, Dymitrze, jeżeli ten meldunek jest prawdziwy i jeżeli w wyniku jakiejś skrajnie nieprawdopodobnej ewentualności nie będziecie w stanie zniszczyć tego samolotu przed zbombardowaniem przez niego celu, to taki odosobniony incydent nie wyzwoli chyba waszej Machiny Zagłady?... To zależy od megatonażu zrzuconych bomb? No, ten samolot wiezie dwie dwudziestomegatonowe... jak to zatem wygląda?... Co znaczy, że nie jest pan pewien? Generał... którego tam nie ma? No, przecież ktoś musi wiedzieć! Sprawdzacie?... Dobrze, zaczekam.

Muffley przyjrzał się jeszcze raz trasie lotu bombowca, który przybliżał się do celu, a potem, na odgłosy dobiegające ze słuchawki, odpowiedział:

— Słucham? Co zrobimy, jeżeli Machina nie wybuchnie? No, myślę, że wszyscy odetchniemy z ulgą... A, chodzi panu o to, co zamierzamy zrobić w sprawie wyrządzonych szkód? No, naturalnie, jesteśmy gotowi zapłacić pełne odszkodowanie. W końcu i tak mamy szczęście, że ta baza leży na uboczu i że w grę wchodzi niewiele ofiar w ludziach. Ogromnie przykro jest mi wyceniać życie ludzkie w dolarach i centach... Co? Gdzie to jest? Dwie mile, skąd?! Nie, nie miałem pojęcia. Na naszych mapach zaznaczone są tylko cele wojskowe. Ilu ludzi? Dwa miliony siedemset dwadzieścia dziewięć tysięcy?

— Czy mamy zaznaczone, że zniszczenie tego celu oznacza dwa przecinek siedemdziesiąt dwa megaofiar? — szepnął nieufnie do ucha siedzącego przy nim pułkownika generał Turgidson.

Prezydent spojrzał na ekran przedstawiający zagrożenie Ameryki Północnej. Pokazywał on rosnącą koncentrację radzieckich jednostek. Muffley ponownie sięgnął po słuchawkę.

— Musi mnie pan zapewnić, że pański rząd nie potraktuje tego incydentu jako wrogiego ataku. Nie, oczywiście, że nie jest to akt przyjacielski, chcę jednak przez to powiedzieć, że nie należy go traktować jako wypowiedzenie wojny. Mhmm... Co... Co takiego?! Co też pan, Dymitrze, to przecież pomysł niegodny człowieka. Naprawdę chce pan powiedzieć, że oczekujecie od nas, że pozwolimy wam zniszczyć Detroit? Pan oszalał! Nie wolno panu traktować ludzi jak pionki na szachownicy.

Generał Turgidson, który w trakcie tej rozmowy podszedł do prezydenta i stanął za jego plecami, położył przed nim broszurę z luźnymi kartkami zatytułowaną: *Cele ataku atomowego w aspekcie strat ludzkich w milionach.* Wskazał rubrykę opatrzoną nagłówkiem „Zestawienie radzieckich i amerykańskich miast równorzędnych pod względem ewentualnych strat w ludziach".

Prezydent odsunął broszurę na bok i kontynuował rozmowę z premierem Kissoffem.

— Co? Jest pan całkowicie pewien?!... No tak, jeżeli ten samolot przedostanie się, to koniec z nami! Jest pan przekonany, że to urządzenie wybuchnie przy dziesięciu megatonach? — Muffley westchnął. — Dobrze, pozostaje nam zatem tylko trzymać kciuki i skoncentrować wysiłki na zniszczeniu tego bombowca.

Prezydent oddał słuchawkę Stainesowi, który przykrył jej mikrofon dłonią. Muffley obrócił się w stronę Turgidsona.

— Czy ten samolot rzeczywiście ma szansę dolecieć do celu? — spytał.

Turgidson zerknął na rosyjskiego ambasadora, westchnął ciężko, a potem rzekł:

— Panie prezydencie, czy mogę wyrazić swoją szczerą opinię? Ci Rosjanie są mocni w gębie, ale mają, co tu dużo gadać, spore braki w technice. Trudno bowiem wymagać od gromady ciemnych kmiotów, żeby znali się na maszynach jak nasi. — Zerknął ponownie na De Sadesky'ego. — I wcale nie mówię tego, żeby was obrażać, ambasadorze. Do diabła, doskonale znamy odwagę Rosjan. Wystarczy popatrzeć, ilu was wytłukli hitlerowcy, a mimo to nie daliście za wygraną.

— Generale, zechce pan łaskawie trzymać się tematu! — powiedział ostrym tonem prezydent.

Turgidsona ogarnęło podniecenie. Był to temat, na którym się znał. Dziedzina, w której czuł się ekspertem.

— A więc, panie prezydencie, jeżeli ten pilot rzeczywiście jest dobry, to znaczy, jeżeli naprawdę jest bystry, to, cholera, przeleci tym samolotem o, tak nisko, na pewno oglądał pan coś podobnego wcześniej na własne oczy. Taki naprawdę wielki samolot, jak ten B-52, którego dysze smażą kury w zagrodzie...

— Ma szansę?! — przerwał mu prezydent.

Generał Turgidson aż kipiał z podniecenia.

— Czy ma szansę?! — spytał głośno. — Tak, i to pie-kiel-nie dużą!

Powiódł wzrokiem dookoła stołu. A kiedy dostrzegł grobowe miny siedzących przy nim ludzi, nagle uświadomił sobie znaczenie własnych słów.

Prezydent spojrzał na ekrany, a potem rzekł ze spokojem i godnością:

— Zaraz, zaraz, chyba wpadła mi do głowy myśl, w jaki sposób przekazać im sygnał odwołujący akcję.

Wziął słuchawkę.

— No cóż, Dymitrze, chyba będziecie musieli zatrzymać ten samolot. Przykro mi, że zakłócają wam radary i lecą nisko, ale rozumie pan, tak ich wyszkolono. Dymitrze, wie pan dokładnie, dokąd lecą, i nie wątpię, że cała pańska obrona przeciwlotnicza potrafi zatrzymać pojedynczy samolot... Ja... Dymitrze, jeżeli sztab naszego lotnictwa twierdzi, że głównym celem tego bombowca jest Laputa, a drugim celem Borczaw, to może pan temu wierzyć... Przecież żadnej ze stron nic nie da, jeżeli Machina Zagłady wybuchnie, mam rację?... Dymitrze, w takiej chwili doprawdy nie ma najmniejszego sensu histeryzować. Czy pan mnie wreszcie wysłucha, Dymitrze? Dymitrze, mogę coś panu doradzić? Dymitrze, czy wysłu... Dymitrze, czy mogę udzielić... mogę... Dymitrze... Dymitrze... czy mogę panu udzielić rady? Niech pan słucha, skierujcie do tych dwóch sektorów cały posiadany sprzęt, a na pewno go nie przegapicie... Tak, będziemy trzymali za to kciuki i proszę pamiętać, że jedziemy na jednym wózku. To znaczy, że jesteśmy z wami, Dymitrze.

Słuchając odpowiedzi radzieckiego premiera, Muffley zapalił papierosa.

— Jak to, za wami?! — spytał z oburzeniem. — Dwa miesiące? Aha, rozumiem, ma pan na myśli, że radioaktywna chmura dotrze do nas w dwa miesiące później niż do was. Tak? No, Dymitrze, to nieładnie mówić coś takiego... Wiem, że to nieładnie zrobić coś takiego, ale przecież to nie ja to zrobiłem, Dymitrze, nie ja... Zgadzam się, a więc to był nasz generał... Ale taka postawa nie pomoże żadnej ze stron. Niech pan posłucha, zasięgnąłem opinii jednego z moich generałów... nie, nie tego, który wysłał bombowce, on zaś powiedział coś, co podsunęło mi myśl... No więc, chce jej pan wysłuchać czy nie? To świetny pomysł. Proszę posłuchać, Dymitrze, oprócz skoncentrowania wszystkich środków obrony w tych dwóch sektorach, może wydacie rozkazy swoim żołnierzom obsługującym reflektory... macie reflektory?... Macie, to wspaniale, może więc wydacie rozkaz swoim oddziałom obsługującym reflektory, żeby przesłały temu samolotowi szyfrem odwołanie ataku. Na pewno to zauważą, a są to dobrze wyszkoleni żołnierze. Zawrócą.

Doktor Strangelove spojrzał w zamyśleniu na prezydenta, kiedy ten odkładał słuchawkę. Bardzo wątpił, by tym durniom udało się zniszczyć ostatni lecący bombowiec. Odwrócił wzrok i jeszcze pilniej niż dotychczas skupił się na planie ocalenia przynajmniej zarodka rasy ludzkiej.

*** Kolonia Trędowatych

— W porządeczku, leci i daje się sterować — oznajmił King.
— Sweets, a pamiętasz, jak polecieliśmy kiedyś z tymi szaj-
busami z osiemset dwudziestego siódmego skrzydła bombowego?
— I owszem, King, pamiętam — odparł Sweets.
— Coś mi się zdaje, że gdzieś niedaleko jest jeden z ich
celów.
— A, faktycznie — przyznał Sweets i pochylił się nad blatem.
— Sprawdzę na mapie.
— Najpierw sprawdź, co z paliwem — polecił King. — Po-
daj mi, ile dokładnie mil powietrznych nam zostało.
— Właśnie to sprawdziłem — odparł natychmiast Sweets.
— Stąd sto dwadzieścia.
Siedzący obok niego Lothar Zogg na potwierdzenie bez sło-
słowa skinął głową.
Sweets przyjrzał się mapie i powiedział:
— Mam go przed sobą. Nie ma nazwy, figuruje tu tylko jako
Zespół Wyrzutni Pocisków Sześćdziesiąt Dziewięć. To na pew-
no ten cel.
— Jaka odległość?
— Dziewięćdziesiąt mil — odparł Sweets.
— Podaj mi kurs.
— Dwa-osiem-zero — odparł bezzwłocznie Sweets. — Po-
winieneś dolecieć jak po sznurku.
— Dwa-osiem-zero — powtórzył King i pochylił się do przo-
du, żeby ustawić żyroskopy. Kiedy wyprostował bombowiec,
wychodząc ze skrętu, podniósł go ponad wznoszącym się grun-
tem.
— Stąd mamy do celu łatwą trasę, King — powiedział
Sweets. — Nie ma niczego powyżej paruset stóp.
— Dobra — odparł King. — No to jedziemy, chłopcy.
— King — odezwał się Lothar Zogg — a co będzie, je-

żeli osiemset dwudzieste siódme skrzydło już zbombardowało ten cel?

— Nie zbombardowało — zapewnił King. — Wyprzedzamy ich o jakieś sześć godzin lotu. Prawdopodobnie zdecydują się polecieć na Laputę. To ci wyjaśnia sprawę?

— Wyjaśnia — odparł Lothar, zaglądając do schowka pod stolikiem.

Wyjął stamtąd grubą teczkę i szybko przerzucił diapozytywy, które zawierała. Wybrał cztery i przyjrzał się im uważnie w świetle lampy radaroskopowej.

— Znalazłem — powiedział.

— Dobra, Lothar — rzekł King.

Lothar Zogg dopasował jedno z przezroczystych zdjęć terenu do ekranu radaru.

— Wygląda dobrze, King — powiedział. — To porządne, wyraźne zdjęcie.

— Goldy, czy możesz przesłać meldunek, że zmieniliśmy cel i lecimy na Zespół Pocisków Sześćdziesiąt Dziewięć? — spytał King.

— Nie mogę — odparł prędko Goldberg.

— Cholera, a dlaczego?

— Już ci powiedziałem, nie nadam tego. Po prostu dlatego, że radiostację diabli wzięli.

— Dobra — powiedział filozoficznym tonem King. — Zresztą nie jest to aż takie ważne. Lothar, kiedy Sweets powie, że zostało nam osiemdziesiąt mil do celu, otwórz drzwi bombowe.

— Jasne, King.

*** Centrum Dowodzenia

W wielkiej sali panowała grobowa atmosfera. Niektórzy siedzieli przy stole konferencyjnym, inni przy długim stole bufetowym, apatycznie dziobiąc jedzenie ze stojących tam talerzy. Prezydent zapalił kolejnego papierosa. Przekroczył już swoją normę, ale nie dbał o to.

— Panie prezydencie, dzwoni znowu premier Kissoff — oznajmił naglącym tonem Staines.

Prezydent chwycił słuchawkę.

— Halo, Dymitr? — spytał. — Co pan zrobił?... Jak to się stało?... No cóż, trudno, zechce pan chwilę poczekać, dobrze? — Przykrył słuchawkę dłonią i rzekł do Turgidsona: — Twierdzą, że zgubili ten bombowiec.

— Dla mnie nie jest to niespodzianką, panie prezydencie — odparł Turgidson. — Mówiłem panu, że tych chłopców jest bardzo trudno wytropić tuż nad ziemią.

— Halo, Dymitr, jest pan tam?... — spytał prezydent. — Tak, dobrze wiedzieliśmy, że to będzie trudne, ale jest jeszcze szansa... Co też pan mówi, jeszcze jest szansa!

Na Wielkiej Tablicy trasa lotu przewidziana dla *Kolonii Trędowatych* nadal celowała w stronę pierwotnego celu.

— Dymitrze — odezwał się znów prezydent do słuchawki — jest pan tam?

Doktor Strangelove z błyszczącymi oczami pracowicie dokonywał obliczeń w brulionie. Był już pewien, że znalazł rozwiązanie. Mnożył i dzielił, dodawał i odejmował, sprawdzał raz i drugi, aż wreszcie zdobył pewność, że rozwiązał problem.

Kiedy Strangelove się nad tym trudził, prezydent słuchał głosu premiera Kissoffa i tłumaczenia jego słów. Potem zaś odpowiedział:

— Wszystko to zrobiliśmy, Dymitrze. Proszę mi wierzyć. To naprawdę jest ich cel... jasne, że zrozumieją, jeżeli przekaże im się sygnałami świetlnymi szyfr... naturalnie, że wiem, jestem tu wraz ze wszystkimi moimi doradcami, a są to najlepsi fachowcy na świecie... Przepraszam pana, Dymitrze, nie mówiłem tego w dosłownym sensie, ale wie pan, co miałem na myśli... Zgoda, w takim razie w Ameryce, bardzo pana proszę, nie spierajmy się w tej chwili o drobiazgi... Dobrze, zaczekam na wiadomości od pana.

Prezydent odłożył słuchawkę i zagłębił się w fotelu. W tej chwili nic więcej nie mógł zrobić.

*** *Kolonia Trędowatych*

Wiatr, wpadający przez liczne dziury w kadłubie *Kolonii Trędowatych*, wyziębiał kabinę pilotów lodowatymi podmuchami.

Ale King spływał potem, zarówno ze względu na fizyczny wysiłek niezbędny do tego, żeby panować nad ciężkim bombowcem lecącym tak blisko ziemi, jak i ze względu na koncentrację, potrzebną, by szczęśliwie dolecieć do celu.

Łagodnie podniósł samolot, przelatując nad wysokim, pochyłym wzniesieniem terenu, a potem znów obniżył się nad ziemię. Leciał płynnie i precyzyjnie, jak ktoś całkowicie zdecydowany dotrzeć do wyznaczonego celu.

— Trzymamy dokładny kurs, King — zameldował Sweets Kivel. — Przewidywany czas dotarcia nad cel: mniej więcej za dziesięć minut. Trasa równa i prosta, niczego nie ma powyżej stu stóp.

— To świetnie — odparł King. — Uda nam się, chłopaki.

— Paliwa starczy na dwanaście minut — oznajmił Sweets.

— Zrozumiałem.

King zastanawiał się, co powinien zrobić. Jeszcze nie podjął decyzji, kiedy odezwał się Lothar Zogg.

— Majorze King — powiedział.
— Tak?
— Coś się stało z drzwiami bombowymi.
— Co ty opowiadasz?
— Mocno się zacięły. Nie mogę ich otworzyć.
— Co?
— Na pewno są uszkodzone.
— Niemożliwe!
— Próbowałem wszystkiego. Ale światełko alarmowe miga bez przerwy.
— Zogg, jeżeli to jakiś numer, to resztę życia spędzisz w więzieniu federalnym!
— Majorze, próbowałem wszystkiego, nawet zasilania awaryjnego.
— Masz otworzyć te drzwi! Słyszysz?!
— Nie mogę! A może sam tu przyjdziesz i sprawdzisz?
— Dietrich! — powiedział ostro King.
Dietrich podszedł do niego.
— O co chodzi? — spytał.
— Zdołasz utrzymać nas na kursie dwa-osiem-zero i nie skosić żadnych wierzchołków drzew?
— Jasne.
Dietrich wsunął się na fotel Kinga i przejął stery. Przeszedł dostatecznie dużo ćwiczeń z pilotażu jako drugi pilot, żeby móc poprowadzić bombowiec. Nie potrafiłby nim wystartować ani wylądować, ale w awaryjnej sytuacji mógł nim lecieć. Kiedy King zszedł z kabiny na dół przez właz, Dietrich z niepokojem spojrzał przed siebie.
King znalazł się w przedziale nawigatorsko-bombardierskim na dolnym pokładzie.
— Popatrzmy — rzekł.
Lothar Zogg spojrzał na niego i odsunął się w lewo, żeby King mógł widzieć mechanizm otwierający drzwi.
— Sam spróbuj — powiedział.

King przesunął przełączniki sterujące drzwiami bombowymi. Światła zasygnalizowały, że drzwi nie działają. King rozejrzał się po dolnym pokładzie. Zauważył przymocowany do burty toporek strażacki i chwycił go. A potem kopniakiem otworzył małe drzwiczki z tyłu przedziału.

— Schodzę tam — oznajmił.

— To niebezpieczne, King — ostrzegł go Lothar Zogg. — Jeżeli te drzwi się otworzą, możesz wypaść.

— Zgadza się, i chyba muszę podjąć takie ryzyko.

*** *Centrum Dowodzenia*

Telefon Turgidsona zadzwonił i generał podniósł słuchawkę. Po wysłuchaniu odparł szorstko:

— Zabroniłem ci dzwonić pod ten numer.

Usłyszał, jak Miss Spraw Zewnętrznych mówi:

— Przepraszam cię, Buck, ale czy długo ci to jeszcze zajmie?

— Nie wiem.

— No, a co ja mam robić?

Turgidson rozejrzał się wokół stołu. Wątpił, czy ktoś go obserwuje.

— Oglądaj telewizję — powiedział cicho.

— Ależ Buck — powiedziała tonem skargi Miss Spraw Zewnętrznych — ostatni program skończył się wiele godzin temu... Wiesz, Buck, zaczynam wątpić, czy ty w ogóle mnie naprawdę kochasz, zaczynam wątpić, czy ty w ogóle za mną tęsknisz. I zaczynam też wątpić, czy ty mnie szanujesz... Nie, nic z tego, ciebie interesuje najzwyczajniej tylko łóżko.

Turgidson westchnął ciężko i odparł:

— Posłuchaj, kochanie, zabroniłem ci tutaj dzwonić... a poza tym interesuje mnie nie tylko łóżko. Nie, nie tylko ono! Jasny gwint, nie tylko łóżko, kotku! A teraz popatrz sobie w telewizor.

Z trzaskiem odłożył słuchawkę i uśmiechnął się do prezydenta, który wpatrywał się w Wielką Tablicę.

*** Kolonia Trędowatych

Major King odsunął klapę i opuścił się na podłogę przestronnej komory bombowej. Dwie bomby — *Lolita* i *Buźka* — były wyższe od niego, mimo że leżały poziomo. King rąbnął w drzwi bombowe toporkiem, trzasnął w zamki i zawiasy, a potem zaczął tupać w nie, kopać i walić, próbując je rozruszać na siłę. Ale były szczelnie zamknięte.

Przejechał ręką po czole, by otrzeć pot zalewający mu oczy. Odzyskał ostrość widzenia i ujrzał przed sobą napis, który brzmiał: GŁOWICE ATOMOWE. OSTROŻNIE.

Spróbował jeszcze raz rozewrzeć drzwi siłą, ale nie chciały się otworzyć.

— King? — zagadnął go Lothar Zogg, zaglądając z góry do komory bombowej.

— Nic mi nie jest — odparł poirytowany King. — Ale te drzwi przylegają szczelniej niż guma do wacka.

Zaczął wchodzić po drabince, a potem odwrócił się w stronę bomb i obie czule poklepał.

— Nie martwcie się, kochaneczki. Wybuchniecie — powiedział.

Lothar pomógł mu wejść do kabiny.

— Dzięki, Lothar — rzekł King.

— Nie ma za co — odparł rozpromieniony Lothar Zogg.

King poklepał go po ramieniu, wspiął się w górę i przedostał do kabiny pilotów.

Dietrich, robiąc mu miejsce, przyciągnął najpierw stery i podniósł bombowiec trzysta stóp wyżej.

— Wszystko w porządku, King — oznajmił.

King wsunął się na fotel i błyskawicznie sprawdził przyrządy.

— Sweets, za ile minut dolecimy do pierwszego celu? — spytał.

— Za sześć.

— Dobra — powiedział. — Dietrich, chodź no tutaj!

*** *Centrum Dowodzenia*

— Kto dzwonił, Buck? — spytał prezydent.

Turgidson uśmiechnął się.

— Wie pan, panie prezydencie, łączą tutaj najrozmaitsze głupie rozmowy — odparł. — Moim zdaniem, ten telefon powinien być zastrzeżony.

Jego telefon znów zadzwonił. Turgidson chwycił słuchawkę świadom, że prezydent mu się przygląda.

— Nie... nie... — powiedział — no, naturalnie, że wiem o tym... Posłuchaj, w tej chwili nie mogę rozmawiać... prezydent potrzebuje mnie... no, jak myślisz, o kim mówię? Jasne że o prezydencie Stanów Zjednoczonych... Pewnie, że jest. Więc do zobaczenia.

Odłożył słuchawkę.

— Dobre nowiny, Buck? — spytał prezydent mierząc go chłodnym wzrokiem.

— No, średnio dobre, panie prezydencie — odparł Turgidson.

*** Kolonia Trędowatych

King wziął tryptyk portretowy srogo wyglądających wojowników i przyjrzał się im. Trzymając ich podobizny w bliskiej odległości, powiedział:

— Nie martwcie się, staruszkowie. — Potem wypuścił z rąk swoich antenatów, którzy opadli na tablicę przyrządów, i polecił: — Poruczniku Zogg, uzbroić zapalniki uderzeniowe bomb!

— Uzbroić zapalniki uderzeniowe?

— Tak jest. Nastaw te bomby na udar, słyszysz?

— Ale nie możemy otworzyć drzwi bombowych.

— Poruczniku Zogg, wydałem rozkaz. Nastawić zapalniki uderzeniowe!

— Ależ King — odparł cierpliwym tonem Lothar Zogg — one przecież już są nastawione.

Major King rozważył uwagę Lothara i powiedział:

— W porządku, Lothar, w porządku, w porządku. Nie zapominaj, że mam wiele rzeczy na głowie.

— Nie zapominam, King.

— Dobra, więc się zamknij i daj mi pomyśleć.

Urażony Lothar zamilkł.

— Dużo zostało nam do celu, Sweets? — spytał King.

— Cztery minuty — odparł od razu Kivel.

— Dobrze, jeszcze raz schodzę do tych drzwi bombowych — oznajmił King. — Coś mi mówi, że może dam radę je otworzyć.

*** Centrum Dowodzenia

— Nie ma połączenia Staines? — spytał prezydent.

— Nie ma, panie prezydencie — odparł Staines.

Prezydent westchnął.

— Można by sądzić, że cała obrona powietrzna potrafi prze-
chwycić jeden jedyny samolot.

— No, to nie jest takie proste, panie prezydencie — odezwał
się Turgidson. — Proszę pamiętać, że ten samolot leci naprawdę
nisko. Na tej wysokości radar go nie wyłapie.

Wszyscy usłyszeli jego słowa. Wszyscy spojrzeli na Wielką
Tablicę.

Nad Arktyką wciąż wzrastało zagrożenie ze strony koncentrujących się tam bombowców radzieckich.

*** *Kolonia Trędowatych*

King przyciągnął stery i bombowiec zaczął się wznosić.
Dietrich przeszedł do przodu i klepnął Kinga w ramię.
King odwrócił głowę.

— Dobra, Dietrich — powiedział. — Podniesiesz go teraz na
dziesięć tysięcy stóp, a ja zejdę do tych drzwi bombowych.
Zrozumiałeś?

— Jasne — odparł Dietrich.

— Jak tylko znajdziesz się na tych dziesięciu tysiącach, wy-
równaj lot, dobrze?

— Dobrze, King.

Dietrich usadowił się w fotelu i skoncentrował. King poszedł
w głąb bombowca i zniknął mu z oczu, schodząc w dół po drabince do przedziału nawigacyjno-bombardierskiego.

— O, witam, King, co robisz tu, na dole? — spytał Sweets.

King nie odpowiedział mu na pytanie.

— Lothar, czy wiesz, że raz mi się już coś takiego przytrafiło? — zapytał.

— Nie, nie wiedziałem.

— Przytrafiło się i daliśmy sobie radę — ciągnął King.
— Wiesz?

— Nie, nie miałem o tym pojęcia — odrzekł skruszonym tonem Lothar Zogg.

— No, to teraz już masz — powiedział z irytacją King. — Pomożesz mi zrzucić to cygaro.

Lothar natychmiast ruszył w jego stronę.

— Jasne, że ci pomogę — rzekł.

— A przełączniki tych drzwi bombowych nastawisz na „otwarte", rozumiesz?

— Jasne, że rozumiem, King.

King zszedł do komory bombowej po raz drugi. Przypomniało mu się, że kiedyś działanie mechanizmu sterującego drzwiami bombowymi uniemożliwiły przecięte kable. Pomyślał, że być może, im zdarzyło się to samo.

Sprawdził kable na stropie komory. Orzekł, że odnalazł przerwane połączenie. Czule poklepał *Bużkę*, a potem spojrzał na *Lolitę*. Wspinaczka była trudna. Stanął na *Lolicie*, sięgnął do przerwanych przewodów, połączył je, a potem usiadł na bombie, żeby wcisnąć awaryjne przełączniki w burcie bombowca.

Lothar Zogg z niepokojem spojrzał w dół.

— Nic ci nie jest, King? — spytał.

— Pewnie, że nic — odparł King.

Siedział okrakiem na *Lolicie*, gotów do wciśnięcia ostatniego przełącznika. W skupieniu spojrzał na zegarek. Ocenił, że znajdują się nad celem. Sięgnął ręką i nacisnął przełącznik.

Nikt nigdy się nie dowie, co działo się w jego duszy przez kilka następnych sekund. Drzwi bombowe zaczęły się otwierać i Kinga podświetliło z dołu światło.

Lolita zaczęła spadać, a wraz z nią spadał King. Możliwe, że w tym ostatnim momencie przyszło mu na myśl, że przyspieszy upadek bomby, a być może nawet pokieruje nią. Któż to wie.

King wypadł wraz z bombą z *Kolonii Trędowatych*. Co było potem, można jedynie zgadywać.

Pewne jest tylko to, że w trzy minuty później *Lolita* wybuchła z siłą dwudziestu megaton.

*** Machina Zagłady

Pod wiecznie zamgloną górą na bezludnych arktycznych pustkowiach północnej Syberii sejsmografy, anteny radiowe i komputery analizowały dane, jakie otrzymały.

Sprawdzające te dane banki pamięci klekotały. Aż doszły do momentu podjęcia decyzji. Przez kilka sekund panowała cisza.

A po niej nastąpiła eksplozja. W porównaniu z nią wybuch bomby z *Kolonii Trędowatych* przypominał wybuch sztucznych ogni dla dziatwy.

W powietrze wzbiły się miliardy ton ziemi i wszelakich szczątków, rozpoczynając swoją śmiercionośną wędrówkę wokół ziemskiego globu.

*** Centrum Dowodzenia

Prezydent odłożył słuchawkę.

— Panowie — powiedział — pomimo wszelkich wysiłków, jakie czyniliśmy, pomimo wszystkiego, co osiągnęliśmy, nasi lotnicy zrzucili bombę. W odwecie więc na pewno została zdetonowana bomba radziecka. Stało się. Machina Zagłady została uruchomiona! Bóg świadkiem, że nie ma w tym naszej winy.

— To nie do przyjęcia — powiedział generał Turgidson. Westchnął i dodał: — Całkowicie nie do przyjęcia.

Admirał Randolph również pokręcił głową.

— Tak nie może być — rzekł.

Na dobrą sprawę nie wymieniali opinii. Prawdę mówiąc, to wszyscy obecni spacerowali po sali i mówili do siebie.

— Nie obchodzi mnie, co kto mówi, ale zagłada ludzkości na Ziemi nie ma najmniejszego sensu.

— To nie do przyjęcia — powiedział admirał Randolph.

— To nie jest w porządku — rzekł generał Faceman.

— Tak nie może być — dorzucił generał Turgidson.

— Mam nadzieję, że rybom nic się nie stanie... — mruknął w zadumie admirał — a przynajmniej niektórym.

— Fuuuj, co za obrzydliwy pomysł! — skomentował z odrazą Faceman.

— To wszystko nie ma sensu — oświadczył z goryczą Turgidson. — Człowiek trudzi się całe życie, walczy o coś i co go za to spotyka? Dwadzieścia, czterdzieści, sto milionów ofiar to jeszcze rozumiem, ale żeby wszyscy?! To po prostu, nie waham się użyć tego słowa, haniebne!

— Panie prezydencie — odezwał się Staines, zwracając się do Muffleya — w jaki sposób przekażemy tę wiadomość narodowi? Chcę powiedzieć, że to bardzo zaszkodzi pańskiej opinii.

Prezydent zbył pytanie Stainesa gniewnym wzruszeniem ramion.

— Panie ambasadorze, ile czasu nam zostało? — spytał.

— Cztery... może sześć miesięcy na półkuli północnej — odparł ze znużeniem Rosjanin. — Na południu być może rok.

— A może jednak nie!

Wszyscy obrócili się w stronę mężczyzny, który z taką stanowczością wypowiedział owe słowa.

Był to doktor Strangelove.

— Co pan ma na myśli, doktorze Strangelove? — spytał prezydent.

— Panie prezydencie, ja nie wykluczałbym szansy na przetrwanie małego zarodka ludzkiej rasy.

Prezydent wbił w niego wzrok.

— To znaczy, że jest jakiś sposób? — spytał. — Sposób na ocalenie?

Doktor Strangelove odsunął się w swoim fotelu na kółkach od stołu. Był podniecony, a prawa ręka znowu podrygiwała mu spazmatycznie.

— Jest — potwierdził.

— Jaki?

— Na dnie niektórych naszych najgłębszych szybów kopalnianych.

— Na dnie kopalń? Nie rozumiem, w ogóle pana nie rozumiem.

— To proste.

Turgidson odwrócił się do swojego adiutanta.

— O czym ten facet mówi, do diabła? — spytał.

— Powtarzam, panie prezydencie — ciągnął Strangelove — nie wykluczałbym szansy na przetrwanie małego zarodka rasy ludzkiej.

— Doktorze Strangelove — rzekł znużony prezydent — czy mógłby pan to objaśnić?

— Naturalnie.

— A więc proszę — dodał prezydent i skorzystał z inhalatora.

Doktor Strangelove z entuzjazmem pochylił się do przodu.

— Panie prezydencie, czy znane są panu podstawowe fakty dotyczące radiacji i ludzkiego życia? — spytał.

Prezydent odłożył inhalator na stół.

— Oczywiście, że tak — odparł.

— Więc sam pan rozumie, że to proste.

— Co jest proste? — warknął Muffley.

— Szanse na to, żeby zachować mały zarodek rasy ludzkiej.

— Już pan to powiedział!

— Tak, panie prezydencie, o to właśnie chodzi — odrzekł doktor Strangelove.

— Do diabła! — wybuchnął prezydent. — O co?!

— O szyby kopalniane.

— I co z tymi szybami kopalnianymi?!

— Och, sądziłem, że nadąża pan za tokiem mojego rozumowania, panie prezydencie — powiedział Strangelove.

— Nadążam. A więc co z tymi szybami kopalnianymi?

— Z szybami kopalnianymi? — powtórzył Strangelove. — Ależ one stwarzają szanse na przetrwanie małego zarodka rasy ludzkiej.

Prezydent zabębnił palcami po stole i spojrzał na Strangelove'a.

Doktor Strangelove uśmiechnął się do niego radośnie. Podjechał w fotelu bliżej prezydenta świadom, że wszyscy na sali patrzą na niego. Nie miał nic przeciwko temu, co więcej, było mu z tego powodu naprawdę przyjemnie. Kiedy zatrzymał wózek blisko prezydenta, powiedział:

— A teraz, panie prezydencie, wytłumaczę to panu.

— Proszę — odparł niewyraźnie Mufïley.

— To oczywiste! Radioaktywność nie przeniknie do kopalni głębokiej na wiele tysięcy stóp.

Prezydent spojrzał na niego nic nie mówiącym wzrokiem.

— W ciągu niewielu tygodni można tam przygotować udogodnienia pozwalające na zamieszkanie.

— I myśli pan, że ludzie wytrzymaliby tam prawie sto lat? Niemożliwe.

Doktor Strangelove uśmiechnął się wyrozumiale. A mówiąc, zaczął gestykulować prawą dłonią w rękawiczce.

— Człowiek jest stworzeniem nadzwyczaj łatwo przystosowującym się do każdych warunków, panie prezydencie — rzekł.

— W końcu będą one znacznie lepsze od tych, jakie panowały w tak zwanych obozach koncentracyjnych, gdzie znajdujemy aż nadto przykładów, że najbardziej nawet wynędzniałe osobniki rozpaczliwie utrzymują się przy życiu.

Prezydent nie został przekonany, ale było oczywiste, że pośród siedzących przy stole propozycja Strangelove'a nie odbiła się jak groch o ścianę.

— Jak to zrobić? — spytał prezydent.

*** Zespół Wyrzutni Pocisków 69

Nic nie pozostało z Zespołu Wyrzutni Pocisków 69 ani z majora King Konga.

Uderzył w wyznaczony cel i zniszczył go. Teraz cząsteczki, z których się składał jako człowiek, wzbiły się w atmosferę, żeby wznieść swój malutki wkład do chmury radioaktywnych cząsteczek powstałych po eksplozji Machiny Zagłady.

*** Centrum Dowodzenia

Doktor Strangelove uśmiechnął się.

— To nie będzie trudne — zapewnił. — Reaktory atomowe mogą produkować energię prawie w nieskończoność. W cieplarniach można hodować rośliny. A wybrane rośliny mogą dostarczać tlen. W takim szybie trzeba będzie zainstalować wydajny system filtracyjny. Można hodować i szlachtować zwierzęta. Należałoby pilnie dokonać przeglądu kopalń w całym kraju pod względem ich przydatności do tego celu. Wcale nie zdziwiłbym się, gdyby udało się przygotować przestrzeń życiową dla kilkuset tysięcy naszych ludzi.

— To jednak zaledwie kilkaset tysięcy ocalonych — rzekł w zamyśleniu prezydent. — Wybuchłaby panika, zamieszki, powstałby kompletny chaos.

— Jestem pewien, że wojsko poradziłoby sobie z wszelkimi objawami nieposłuszeństwa. Ludzie nie mogą walczyć przeciw czołgom i karabinom maszynowym, panie prezydencie. To udowodnione.

Prezydent Muffley pokręcił głową.

— Ale żeby decydować w takiej sprawie... Kto wybrałby tych, którzy przeżyją?

— Należałoby wyznaczyć specjalną komisję, która zbadałaby i zaleciła sposoby i kryteria takiego doboru — odparł Strangelove.

Prezydent zauważył, że Strangelove'owi podryguje prawa ręka. Naturalnie doskonale znał jego życiorys. Wiedział też, że Strangelove bywa nieobliczalny. Jednakże zrobił bardzo wiele dla obronności kraju.

— Jak w ogóle można decydować o czymś takim? — spytał.

— Od razu panu odpowiem — rzekł Strangelove — że oprócz zastosowania kryteriów takich jak młodość, zdrowie, płodność, inteligencja i wachlarz niezbędnych umiejętności, do tej grupy wybrańców należałoby bezwzględnie włączyć osoby piastujące najwyższe stanowiska w wojsku i w rządzie, aby podtrzymywały tradycję i nieodzowną zasadę podporządkowania się przywódcy.

Wypuszczona przez niego strzała nie chybiła celu i przy stole zaroiło się nagle od trzeźwo myślących, kiwających z aprobatą głów. Nigdy jeszcze doktor Strangelove nie skupił na sobie takiej uwagi.

— Naturalnie ocaleni będą się obficie rozmnażać, hę? Będzie tam bowiem mnóstwo czasu i niewiele do roboty. Przy zastosowaniu odpowiednich technik rozrodu i wyjściowej proporcji, powiedzmy, dziesięć kobiet na jednego mężczyznę, szacuję, że dwustutysięczna grupa początkowa da po stu latach ponad sto milionów potomków. Oczywiście grupa ta będzie musiała zabrać się do rozszerzania pierwotnej przestrzeni życiowej. Musi to robić ustawicznie. Ocaleni będą musieli dbać o to dopóty, dopóty pozostaną w tych kopalniach.

— Wie pan — rzekł ściszonym głosem generał Turgidson do swojego adiutanta — dochodzę do wniosku, że ten Szwab rzeczywiście wpadł na dobry pomysł.

— A ile czasu to zajmie? — spytał prezydent. — Co zostanie na powierzchni Ziemi, kiedy spod niej wyjdą?

— Kiedy wyjdą, będą mogli odzyskać bardzo wiele z obecnych budynków i maszyn, jeżeli się je przedtem zabezpieczy. Proponuję od razu przystąpić do dzieła. Sądzę, że w ciągu niespełna dwudziestu lat osiągną z powrotem nasz obecny produkt narodowy brutto.

— Ale czy uwzględnił pan, doktorze, możliwość, że tworzący ów zarodek ocaleni będą tak przybici, wstrząśnięci i zbolali, że zazdroszcząc martwym, nie zechcą dłużej żyć?

— Na pewno zechcą, panie prezydencie. W chwili gdy zjadą do kopalni, wszyscy pozostali będą jeszcze żyli. Nie będą więc mieć przykrych wspomnień i powinna w nich przeważać tęsknota za tymi, których tam pozostawili, oraz duch śmiałości i zaciekawienia przygodą, jaka ich czeka. To ich, jak sądzę, zachęci.

Generał Turgidson spojrzał na Strangelove'a.

— Wspomniał pan o proporcji: dziesięć kobiet na jednego mężczyznę — powiedział. — A czy nie wymagałoby to zrezygnowania z tak zwanych monogamicznych związków seksualnych?... Przynajmniej jeśli chodzi o mężczyzn?

— Niestety, tak. Ale tego poświęcenia wymaga przyszłość rasy ludzkiej. Śpieszę dodać, że ponieważ od każdego mężczyzny wymagać się będzie podołania ogromowi obowiązków w tej mierze, kobiety zostaną dobrane z uwzględnieniem ich cech seksualnych, które muszą być wysoce podniecające.

— Muszę panu przyznać, Strangelove, że wpadł pan na zdumiewająco świetny pomysł — rzekł z entuzjazmem radziecki ambasador.

— Dziękuję panu.

— Panie prezydencie? — odezwał się generał Turgidson.

— Tak, generale?

— Panie prezydencie, sądzę, że musimy spojrzeć na tę sprawę z wojskowego punktu widzenia. Chodzi o to, że gdyby Czerwoni zachowali sobie na potem kilka dużych bomb, a my nie, to kiedy za sto lat wyjdą spod ziemi, zdobędą władzę nad światem.

— Zgadzam się z tym, panie prezydencie — włączył się do rozmowy generał Faceman. — Na dobrą sprawę, mogą się nawet posunąć do tego, żeby przypuścić podstępny atak w celu zdobycia naszej przestrzeni kopalnianej.

— Myślę, że okazalibyśmy niezmierną naiwność, panie prezydencie, sądząc, że ten nowy obrót wypadków zmieni ekspansjonistyczną politykę sowiecką — dorzucił generał Turgidson.

— Musimy ze wzmożoną czujnością śledzić ich posunięcia, zmierzające do zdobycia nowych przestrzeni kopalnianych po to, aby rozmnażać się skuteczniej od nas, żeby potem, po wyjściu na powierzchnię, wykończyć nas dzięki swojej przewadze liczebnej.

— Nas, generale Turgidson?

— Panie prezydencie — odparł głośno Turgidson — *nie wolno nam dopuścić do powstania luki w zakresie szybów kopalnianych!!!*

*** *Epilog*

Chociaż mało znana planeta Ziemia, znajdująca się w innej, bardzo odległej galaktyce, jest dziś dla nas niewątpliwie tylko przedmiotem czysto akademickiego zainteresowania, zdecydowaliśmy się jednak opublikować tę osobliwą komedię z galaktycznej prehistorii jako jeszcze jedną pozycję z naszej serii „Umarłe Światy Starożytności".

WYDAWNICTWA „ALFA" — WARSZAWA 1992
Wydanie pierwsze
Skład i druk: Zakład Poligraficzny Wydawnictw „Alfa"
Oprawa: Zakłady Graficzne DSP w Płońsku
Zam. 738/91